Hexe wider Willen

Prolog

Ein wunderschöner, milder Frühlingstag kündigte sich an. Der lange nicht enden wollende Winter schien endlich seine Macht verloren zu haben. Doch noch bevor der Frühling zu Ende war, würde sich das Schicksal der Welt neu entschieden haben. Auch, wenn dies nur sehr wenige Menschen wussten.

William Spencer stand an der Tür der großen Schule und sah auf die vielen Schüler herunter. Kinder verscheidenden Alters tobten oder standen auf dem Hof und genossen den ersten

Sonnenschein. Sie alle waren klug und talentiert. Doch nicht sie waren es, auf die William wartete.

Nach und nach trafen nun 10 Mädchen ein, einige elegant andere sportlich, landeten sicher mit ihren Besen auf dem Schulhof. Sie hoben ihre Zauberstäbe und große Gepäckstücke wurden sichtbar. Einige schienen sich zu kennen, lachend umarmten sie sich und hoben ihre schweren Taschen auf. William seufzte leise. Er zog seine Augen zusammen. Die Mädchen waren also angekommen, sie hatten die Nachricht des Direktors also erhalten, waren dem Ruf der Zauberregierung gefolgt. Wieder glitt sein Blick über die Mädchen, alle sehr verschieden, alle einzigartig auf ihre Art. Schmale, sportliche, dunkle oder helle Mädchenköpfe, sahen abwartet zu William herauf. Abwartend und fragend gespannt.

Eins von ihnen würde sein Schicksal werden. Unter den ganzen Mädchen stand diejenige, die bald das Leben des erst 29 jährigen Mannes bestimmen würde, für die William bereit sein musste zu sterben. Wieder lachten einige Mädchen auf. William seufzte, keins der Mädchen hatte anscheinend auch nur den Hauch einer Ahnung, warum sie von der Regierung gerufen worden waren.

William stockte. Er hob seinen Kopf, und zählte kurz, eins der Mädchen fehlte. William sah auf seinen Zettel. Er rief einen Namen nach den anderen, die Mädchen antworteten. „Es fehlt noch Amanda Tolpin, William." Der Direktor zog jetzt ein Foto aus seiner Tasche. Es zeigte ein schmales Mädchen mit merkwürdig faszinierenden Augen, leicht schräg und dunkelgrün. William konnte sich kaum vom Foto lösen. Er sah unwillig auf, als die Mädchen laut zu lachen begannen. Sein Blick traf auf ein Mädchen, das nun unsicher durch das große Schultor trat und sich umsah. „Schaut euch mal die an, die kommt zu Fuß. Kann sich wohl keinen guten Besen leisten" Eins der Mädchen trat arrogant vor und zog an den langen Zöpfen des schüchternen Mädchens. „Und auch keinen guten Friseur. Seht euch nur mal die Frisur an. Zöpfe!" Das gehässige Mädchen wandte sich um. Sie schrie erschrocken auf. William stand urplötzlich hinter ihr und löste ihre Hand energisch aus den Haaren des anderen Mädchens, das nun zu weinen begann. „Miss Tolpin, nehme ich an?" fragte William das Mädchen, das nun mit dem Kopf nickte. William legte ihr seine Hand auf die Schulter. „Gut, dann sind wir ja vollzählig." Er versuchte dem zitternden Mädchen seine Angst zu nehmen. „Wie sind sie hergekommen, Mädchen? Doch nicht wirklich zu Fuß, oder?" fragte er leise. Das Mädchen hob ihren Kopf, in ihren grünen Augen konnte William sich verlieren, sie erinnerten an Wald, Natur und klare Bäche. Das Mädchen lächelte schmal. „Nein, Sir, vielleicht hat mich ja ein Hegaton hergebracht?" antwortete sie ernst.

William zuckte kurz zusammen. Ihre Stimme war dunkel, das gefiel ihm. „Das war jetzt ein Scherz, oder?" fragte er das schüchterne Mädchen, sie antwortete nicht. Wieder begann sie zu weinen, als sie der wütende Blick des anderen Mädchens traf. „Ich scherze nie, Mister." Antwortete Amanda leise.

1.Kapitel

Amanda riss ihre Zimmertür auf und warf sich weinend auf ihr Bett. Die blaue und goldene Farbe auf ihrem Umhang tropfte auf den Boden, als sie ihn achtlos über einen Stuhl warf. Schillernde Bäche bildeten sich und verliefen. Amanda weinte noch heftiger.

„Schon wieder so schlimm, Liebes?" Ein kleines freches Eichhörnchen sprang durch das offene Fenster ins Zimmer und setzte sich zu ihr aufs

Bett. Vorsichtig hob es eine Haarsträhne hoch, um Amandas Augen zu finden. „Du hast doch so gut geübt gestern, was ist diesmal danebengegangen? War es wieder diese widerliche Hexe?" Das Tier hüpfte zu einer Schale und bediente sich an den Nüssen.

„Ich weiß nicht, Elenora. Ich weiß es wirklich nicht. Noch heute Morgen war alles in Ordnung, doch kaum betrat ich den Schulraum und wurde aufgerufen, da war alles weg. Der Lehrer und die vielen Mädchen sahen mich an und alles ging völlig daneben. Ich wollte es so richtig gut machen, habe die Decke in Blau und dann golden gefärbt, doch dann fing alles an zu tropfen. Die Farbe lief auf den Lehrer, die anderen Mädchen und alles schrie durcheinander. Ich konnte es nicht stoppen. Jeder hat was abbekommen. Ich bin eine Versagerin." Amanda weinte leise vor sich hin. „Sie nennen mich bereits Amanda Tölpel. Haben meinen Nachnamen verunglimpft." Wütend hob Amanda ihre Hand und der schmutzige Umhang verschwand.

Sie sah zu dem Eichhörnchen herüber, dass sich nun die Schnauze putzte und aufseufzte. „Das bist du nicht, Liebes, du bist eine ausgezeichnete Hexe. Du schaffst die tollsten Sachen, wenn du alleine bist. Es fehlt dir nur an Selbstsicherheit." Das Tier verstummte und verschwand unter dem Bett, als es nun an der Tür klopfte. „Was wollen noch! Habe ich mich für heute nicht genug blamiert?" Amanda ahnte, wer vor ihrer Tür stand. Der einzige Mensch, der ihr hier in dieser riesigen Schule wohlgesonnen war, der nett zu ihr war. „Ich sagte doch bereits, dass ich eine Niete bin!" schrie Amanda ihren Lehrer an. Der einzige Mensch hier, der an sie glaubte. Und ausgerechnet ihn schnauzte sie ununterbrochen an.

„Ich bin`s Amanda, William Spencer. Und sie sind keine Niete! In einer halben Stunde geht der Unterricht weiter. Wir treffen uns im großen Saal." Der Lehrer wartete einen Augenblick auf eine Antwort, doch Amanda schwieg. Er ging schließlich und Amanda seufzte leise auf.

Wenigstens er war nett zu ihr, sie seufzte erneut auf. Dabei hatte gerade er allen Grund sie zu tadeln. Sie war bei weitem die schlechteste Schülerin in seiner Klasse. Und das in allen Fächern.

Seit vier Wochen besuchte sie nun schon die Nordwand- Schule, war auserwählt worden, zusammen mit 10 anderen Mädchen. Doch während diese ausgezeichnete, überragende Hexen waren, denen alles mit Bravour gelang, versagte sie bereits bei den kleinsten Aufgaben. Regelmäßig wurde sie zum Gespött der anderen Mädchen, besonders Titania hatte es auf sie abgesehen. Gehässig und eifersüchtig beobachtete sie jede von Amandas Aufgaben, jedes Mal wenn William sie auch nur ansprach, mischte sie sich gehässig ein. Amanda wusste, diese Titania hatte sich in William verliebt, sie lächelte, denn sie konnte es sogar verstehen. William Spencer sah nicht nur unverschämt gut aus. Er hatte auch eine unwahrscheinlich beruhigende Art. Alle Mädchen schwärmten von ihm. Selbst Amanda, wenn sie auch wusste, es war aussichtslos. Schwerfällig richtete sie sich wieder auf.

„Geh dich umziehen, Liebes, besser ist es. Mit der Farbe im Haar kannst du nicht wieder rausgehen." Das Eichhörnchen schüttelte sanft seinen Kopf. Schwerfällig erhob sich Amanda und ging ins Badezimmer. Ihre kleine Freundin hatte Recht, sie musste sich unbedingt waschen. Amanda fasste einen Entschluss. Sie würde nach der heutigen Unterrichtsstunde den Direktor aufsuchen und ihn bitten die Schule wieder verlassen zu dürfen. Sie gehörte hier eindeutig nicht her. Ihre Mutter hatte sie im Einklang mit dem Wald erzogen. Auf ihrem Wunsch hatte ihr Vater ein Haus am Rand eines riesigen Gebirges gekauft. Er war Handelszauberer und nur selten Zuhause. Mutter war sehr viel mit Amanda im Wald und im Gebirge gewesen, Amanda hatte die Tage genossen. Doch ihre Zauberausbildung wurde dadurch vernachlässigt, Amanda spürte es an jeden Tag hier in der Schule mehr. Ihr

Heimweh wurde mit jedem Tag größer, sie vermisste den Wald und ihre Freunde. Amanda wusste, hier gehörte sie nicht her. Je eher sie ging, umso besser war es für alle beteiligten.

aaaaaaaaaaaaaaaaaaaa

„Meine Damen, die Vorbereitungstage sind um, sie sind nun seit vier Wochen hier in der Schule. Hat eine vor ihnen eine Ahnung, warum gerade sie ausgewählt wurden?" William Spencer saß an seinen Tisch und sah ernst zu den 11 Mädchen, die alle etwas gemeinsam hatten. Schweigen trat ein. William knurrte still. Geduldig wartete er auf eine Antwort. Er fragte sich, warum keins der Mädchen hier auch nur im Entferntesten ahnte, warum ausgerechnet sie ausgewählt worden waren. Sie alle waren so unglaublich jung, fast noch Kinder, und die Aufgabe, die auf eine von ihnen wartete, alles andere als leicht. William hätte sich gewünscht, diese Entscheidung noch einige Jahre heraus zögern zu können. Doch lag das leider nicht in seiner Macht.

Endlich hob Amanda zaghaft ihre Hand. Er nickte dem jungen Mädchen ermutigend zu. Sie hatte es wahrlich nicht leicht hier in dieser Gruppe. Ihre Zauberkraft lag weit hinter der der anderen. Und sie fand keine Freundin. Keins der Mädchen schien sich für die sanfte Amanda zu interessieren. William räusperte sich. „Nun, was meinen sie Amanda?" fragte er sie leise. Titania lachte laut auf. „Wen interessiert das schon?" fragte sie frech, alles lachte. William verzog grimmig sein Gesicht, sofort nahm Amanda ihre Hand wieder herunter und drehte ihren Kopf zum Fenster. „Sagen sie ruhig, was sie meinen, Amanda, mich interessiert es sehr." Sagte William sanft. Ohne auf die anderen Mädchen zu achten kam er zu Amandas Platz, hob seine Hand und legte sie beruhigend auf die Schulter des Mädchens. Es funktionierte. Er spürte erstaunt, wie sie sich etwas beruhigte.

„Vielleicht liegt es daran, dass wir alle 18 Jahre alt sind und im Juni geboren wurden." Sagte Amanda endlich. Sie hob ihren Blick zum Lehrer und sah ein winziges Lächeln in dessen Gesicht. „Richtig, Mädchen sehr gut. Und was bedeutet das?" fragte er sie weiter. Die anderen Mädchen sahen sich unsicher an, keine wusste zu antworten. „Im Juni vor 18 Jahren erschien der Artegio Mond 11X am hellen Tag." Flüsterte Amanda. „Das letzte Mal am 30." Unsicher hob sie den Kopf und suchte Williams Blick.

William nickte ihr lobend zu. „Sehr, sehr gut, Mädchen, dein Geburtstag. Ich weiß es. Ihr alle habt eines gemeinsam, meine Damen. Ihr seid alle unter dem Artegio Mond geboren worden." Sein Gesicht verfinsterte sich, als Titania nun laut gähnte. „Also ich weigere mich, mit der da etwas gemeinsam zu haben, so tief kann ich nicht sinken." sagte Titania laut. Gehässig schubste sie Amanda zur Seite, als William sich umwandte. Wieder wurde Gelächter laut, William schlug wütend mit der Faust auf seinen Schreibtisch. „Es reicht Titania! Es ist ein wichtiges Thema, was wir zu besprechen haben, da sind ihre frechen Bemerkungen fehl am Platz!" Er wandte sich wieder an Amanda. „Und wissen sie auch, was es mit dem Mond auf sich hat?" Amanda nickte krampfhaft hielt sie ihre Tränen zurück. „Die Urhexe wurde unter diesem Mond geboren. Ihre Kräfte vereinen die Mächte der Zauberer, Hexen und der Natur. Sie hält das Gleichgewicht zwischen den magischen Wesen. Sie vereint das magische Reich. Wenn sie stirbt, ohne ihre Kräfte weiter vererben zu können, bricht die magische Welt auseinander."Amanda suchte Williams Blick, der ihr kurz zuzwinkerte.

„Sie sind sehr klug, Amanda. Es war alles richtig." Sagte William lobend. „Sie scheinen sich sehr für Geschichte zu interessieren." Sein Blick glitt über die 11 Mädchen und es schien als würde er jedes einzelne zu beobachten. Die Mädchen ließen sich Amandas Worte durch den Kopf gehen, sie schienen zu begreifen, was das Mädchen eben gesagt hatte. Eine von ihnen würde einst die mächtigste Frau in der magischen Welt werden.

„Soll das bedeuten, dass eine von uns die neue Urhexe wird?" Lilli hob fragend ihre Hand. Alle Mädchen schluckten schwer, als ihr Lehrer mit dem Kopf nickte. „Ja, so sieht es aus. Die Regierung hätte ihnen allen gerne noch einige Jahre Zeit gelassen, Zeit für ein sorgloses Leben. Doch leider drängt die Zeit. Die jetzige Urhexe ist alt und krank, ihre Kräfte lassen nach. Es liegt an uns, ihre Erbin zu finden." William lächelte. „Sie sind alle noch sehr jung, es ist eine ungünstige Zeit für sie alle, aber die Zeit drängt, die Situation ist brenzlig." Erklärte er sehr ernst.

Sein Blick glitt zu Amanda, das Mädchen saß schüchtern auf seinen Stuhl. Fragend starrte sie den Lehrer an. „Nun fragen sie schon, Mädchen, es brennt ihnen doch auf der Zunge." Sagte er grinsend. Er hob seinen Arm, Amanda konnte eine merkwürdige Uhr an seinem Handgelenk sehen. Sie schien keine Ziffern zu haben, oder

Zahlen, eine kleine Blume darauf erblühte und schloss sich langsam. William schob energisch seinen Pullover darüber, als er ihren Blick bemerkte.

„Wer wird der Wächter sein, Mister Spencer? Jede Hexe hat einen Wächter, wer wird der Wächter der Urhexe werden?" Amanda sah ihn gespannt an, auch die anderen Mädchen sahen nun auf William, der sich erhob und auf seine Uhr schaute. „Die neue Urhexe wird es erfahren, meine Damen. Sie wird den Wächter zu gegebener Zeit kennenlernen. Aber bis es so weit ist, liegt noch eine Menge Arbeit vor uns." Sagte William streng.

Wieder wurde es laut. „Ich werde die neue Urhexe, das ist klar, meine Kräfte sind bei weiten die größten." Titania stieß ihre Nachbarin grinsend an. Gehässig sah sie zu Amanda, die wieder mit ihrem Buch beschäftigt war. „Die kleine Niete kann eigentlich gleich wieder abreisen." Sagte Titania extra laut. Angewidert verzog William sein Gesicht, er hatte die Worte gehört. Jetzt sah er, wie Amanda sich verstohlen eine Träne fortwischte. „Meine Damen, wir wollen uns nun mit den magischen Wesen beschäftigen. Es ist äußerst wichtig, sie alle genau zu kennen. Es werden vielleicht einmal ihre Untertanen." Sagte er laut. Er ließ Lehrbücher verteilen und wartete, dass alle Mädchen bereit waren.

„Das kann meine Hilfe für mich erledigen" sagte Titania wieder frech. Angewidert schob sie das Buch von sich. „Jede Urhexe hat doch eine Hilfshexe an ihrer Seite, die alles für sie erledigen muss, oder?" Sie stieß Amanda grob an. „Das wäre der richtige Job für dich, Versagerin. Musst nicht viel denken dabei." Sagte Titania. Wieder lachten die anderen Mädchen auf. Plötzlich kam Lilli zu ihr und schob sich vor Amanda. „Lass sie einfach in Ruhe, Titania. Was hat sie dir denn getan? Hör auf, sie zu ärgern. Ich denke, Amanda kann mehr als wir alle glauben, sie muss sich nur trauen!" Lilli nahm Amandas Arm und schob sie auf einen Stuhl neben sich. „Lass dir doch nicht immer alles gefallen, Amanda. Wehr dich." Sagte sie leise. Dann reichte sie dem Mädchen ein Taschentuch.

William atmete erleichtert auf, als er Lilli und Amanda leise lachen hörte, endlich schien Amanda eine Freundin gefunden zu haben. Vielleicht gab es Amanda Selbstvertrauen. Er freute sich und zwinkerte Amanda zuversichtlich zu, sie erwiderte es mit einem schiefen Lächeln.

2.Kapitel

„Und hast du schon etwas herausgefunden, William? Du weißt, die Zeit drängt." Der Direktor der Nordwand Schule schenkte zwei Gläser voll und reichte eins seinem Gegenüber. Dieser kniff müde seine Augen zusammen und schüttelte seinen Kopf. „Nicht viel Paul. Die Mädchen sind alle sehr unterschiedlich. Allein diese Titania, sie scheint sehr verwöhnt und eitel zu sein, auch wenn ihre Kräfte sehr ausgeprägt sind, so befürchte ich schlimmes, wenn sie die Auserwählte sein sollte. Titania ist sehr materiell.

Sie scheint manipulierbar zu sein, die gegenseitigen Mächte könnten es ausnutzen. Dann ist da noch Amanda, sie ist das genaue Gegenteil von ihr, schüchtern und ohne jede ausgeprägte Kraft. Kaum zu glauben dass sie alle unter dem Artegio Mond geboren wurden." Erklärte William schwer.

Es klopfte an der Tür und William unterbrach seine Rede, unwillig rief er herein. Es verging ein Augenblick bis sich die Tür langsam öffnete. Amanda erschien und stand schüchtern vor dem Direktor und ihrem Lehrer. Sie senkte ihren Blick und richtete ihn auf einen imaginären Fleck am Boden. „Sir, wäre es möglich, dass ich die Schule eventuell verlassen könnte?" fragte sie leise. „Ich spüre mit jedem Tag mehr, dass ich hier fehl am Platz bin." Erklärte sie hastig, schnell. Das war ihr schwergefallen, das spürte William. Und es ärgerte sie.

William erhob sich heftig und kam zu dem Mädchen herüber. „ Sie sind die einzige von den ganzen Mädchen, die wahrscheinlich den Ernst unserer Lage erfasst hat, Mädchen! Und sie wollen gehen? Das ist nicht ihr Ernst, oder?" fragte er sie, doch Amanda nickte. „Doch, Sir. Es ist doch sehr unwahrscheinlich, dass ausgerechnet ich die Auserwählte bin. Meine Mutter ist nicht einmal eine Hexe. Sie ist eine Waldnymphe, mein Vater ist ein einfacher Handelszauberer ohne nennenswerte Kräfte." Sagte Amanda dunkel. Sie hob ihre Hände, als William antworten wollte. „Ich bin nur zur Hälfte eine Hexe. Meine Zauberkraft mehr als gering, ich denke nur an den vermasselten Auftritt heute Morgen mit der Farbgestaltung. Und außerdem war der Artegio Mond nur ganz kurz am Himmel, als ich geboren wurde. Nein ich quäle mich hier nur. Und behindere Ihre Suche nach der neuen Urhexe."

Der Direktor kam nun ebenfalls um seinen Tisch herum und nickte langsam. Er schien zu überlegen. „Das sind einleuchtende Argumente, Amanda. Und es würde unsere Auswahl erleichtern, da die Zeit sehr drängt." Er wandte sich nun an William der sich ans Fenster gestellt hatte und heraus sah, ohne zu antworten. Wütend verschränkte er seine Arme, er bebte vor unterdrückten Zorn. Er war mit Amandas Entscheidung ganz und gar nicht einverstanden. Er mochte das schüchterne Mädchen sehr. Seiner Einschätzung nach steckte mehr in dem Mädchen als es den Anschein hatte. „Es geht der Urhexe immer schlechter, die magischen Wesen werden unruhig, es werden schon vereinzelnd Kämpfe zwischen der dunklen und hellen Macht beobachtet." Sagte der Direktor nun weiter, er wollte William überzeugen, endlich eine Entscheidung zu treffen, die zukünftige Urhexe hatte viel zu lernen und die Zeit drängte. „Wir brauche bald eine Entscheidung, William." Sagte er streng. Doch William schwieg wütend.

„Du bist so dumm, Mädchen, so feige kenne ich dich nicht" Elenora steckte ihren Kopf aus Amandas Jackentasche und schnaubte unwillig. „Du besitzt weit größere Kräfte, als alle hier ahnen." schimpfte das Eichhörnchen. William und der Direktor schwangen herum, ungläubig starrten sie auf das kleine Eichhörnchen, das sich nun auf Amandas Schulter setzte und den Kopf drehte. „Die beiden Kerle hier sind dumm, wenn sie dich gehen lassen." Elenora rieb sich die Augen um sich an das helle Licht zu gewöhnen. „Hallo, Männer. Hast einen gutaussehenden Lehrer, Mädchen, alle Achtung. Kein Wunder dass ihr alle in ihn verknallt seid." Elenora hob ihre kleine Pfote und winkte den sprachlosen Männern grinsend zu.

„Du sollst doch versteckt bleiben, Elenora. Haustiere sind hier doch streng verboten." Amanda zischte das kleine Tier böse an, versuchte es wieder in ihre Tasche zu stopfen und lief hochrot an, ihr Blick traf den von William der weiterhin das Eichhörnchen anstarrte. „Du hast versprochen deine große Klappe zu halten, wenn ich dich mitnehme." Amanda versuchte das flinke Tier wieder zu fangen, ihre Hände griffen ins Leere, als das Tier lachend davonsprang. „Kann dir doch egal sein, wenn du eh gehen willst, oder? Dann können dein Lehrer und dein Direktor doch auch ruhig wissen, dass du in der Lage bist, mit uns Tieren zu sprechen, oder es uns bei zu bringen." Das kleine Tier wandte sich nun an den Direktor und blinzelte. „Ich bin Elenora, Amandas Freundin. Sie hat mir mal das Leben gerettet und durch einen Zauber das Sprechen gelehrt. Amanda ist eine Superhexe. Wenn sie allein ist, vollbringt sie die tollsten Zaubereien. Da stinkt sogar die arrogante Titania mächtig bei ab." Erklärte das kleine Tier lachend.

„Halte deinen Mund, es reicht, Elenora" zischte Amanda. Sie senkte ihren Kopf und starrte auf den Boden, während der Direktor und William immer noch sprachlos vor ihr standen. „Warum soll ich schweigen? Ich wette, wenn du alleine in der großen Halle bist, wirst du die Decke dort ebenso schön gestalten wie deine Zimmerdecke gestern Abend." Das Eichhörnchen lachte auf, als Amanda wieder versuchte es einzufangen, um es wieder in ihre Tasche zu stecken. Es sprang zu

William auf die Schulter. „Sie dürfen sie nicht gehen lassen. Bringen sie Amanda alleine in die große Halle und sie wird es ihnen zeigen. Amanda ist eine begnadete Hexe." Elenora seufzte auf, als William grimmig nickte, Amandas Arm nahm und das Mädchen in die große Halle führte, ungläubig folgte der Direktor ihnen. Er hatte vor dem Vorfall am Morgen gehört, und griff vorsorglich nach seinem Regenschirm.

aaaaaaaaaaaaaaaaaaaaaaaaaaaa

„So, Amanda, versuchen wir es noch einmal" sagte William leise. „Und keine Angst, wir sind ganz alleine hier." Sein Blick ging zum Direktor, der mit aufgespannten Schirm im Raum stand und abwartete. William legte seine Hand auf die Schulter des Mädchens. Amanda trat einen Schritt vor und schloss ihre Augen. „Brauchen sie nicht ihren Zauberstab?" fragte er sie leise. Doch Amanda schüttelte ihren Kopf. „Ich habe von Mutter gelernt, dass man ohne Hilfsmittel arbeiten soll, Hilfsmittel kann man verlieren." Sagte Amanda leise. Dann hob sie ihre Hand und die weiße Hallendecke färbte sich in dunkles Blau. Goldene Sterne erschienen, verbreiteten ein sanftes Licht. Jetzt hob Amanda beide Hände, ein leuchtend gelber Mond erschien an der Decke und sein Licht umhüllte sie. „Meine Güte, das ist der Artegio Mond" flüsterte der Direktor, „Genauso stand er am 30. Juni vor 18 Jahren." Flüsterte er wieder. William nickte schweigend, er spürte, wie sehr Amanda zitterte. „Und alles ohne Zauberstab oder Formel, einfach nur aus ihrer Fantasie." Paul staunte immer mehr. „Wahnsinn". Sagte der Mann weiter. Wieder nickte William. Jetzt verwandelte sich der Boden der Halle in ein Waldstück und es wurden magische Wesen materialisiert, Einhörner, Kobolde und Elfen erschienen, sie liefen durch die Halle und sahen sich staunend um. Ungläubig schüttelte der Direktor seinen Kopf. So etwas hatte er noch nie gesehen.

Jetzt waren aufgeregte Stimmen zu hören, die anderen Schüler hatten das merkwürdige Licht gesehen und erschienen in der großen Halle.

Staunend standen sie am Eingang und drängten sich herein, um zu sehen, was dort los war. Elenora verschwand wieder in Amandas Tasche, die vielen Menschen machten dem kleinen Tier fürchterliche Angst. Die Wesen lösten sich auf, als Amanda erzitterte. Die Farben an der Decke begannen zu verlaufen. Gleich würde es wieder tropfen, Amanda kämpfte mit den Tränen.

Williams Hand drückte Amandas Schulter fester. „Ganz ruhig jetzt" flüsterte Willam Amanda zu, „Erst der Mond, dann die Sterne, zuletzt die Decke." Ruhig dirigierte er sie, die Farben zu löschen. Ganz plötzlich überkam Amanda eine nie geahnte Ruhe, eine unbekannte Kraft durchströmte sie. Plötzlich fühlte sie sich stark. Die Augen geschlossen, befolgte sie Williams Anweisungen. Ein Teil nach dem anderen verschwand wieder. Schweigen trat ein. Jeder sah zu Amanda und William.

Jetzt seufzten die anderen Schüler auf. Bedauernd sahen sie zu, wie die Saaldecke

wieder weiß wurde. „Schade, es sah so gut aus"
sagte Lilli leise. „Das war das schönste, was ich je
sah." Sie kam zu Amanda herüber und nahm das
schüchterne Mädchen liebevoll in den Arm. „Sie
bleibt doch, Mister Spencer?" fragte sie William,
der grimmig nickte. „Oh ja, auf jeden Fall.
Amanda wird uns auf keinen Fall verlassen."
Grinsend blinzelte er zu dem kleinen
Eichhörnchen, das seinen Kopf aus Amandas
Tasche steckte.

3.Kapitel

Was für ein Desaster. Wann würde es endlich besser werden? Das fragte sich Amanda still. Sie warf sich müde auf ihr Bett und zog die Decke bis zu den Augen hoch. Sich auszuziehen, dazu war sie viel zu müde. Ihre Muskeln streikten. Die vergangenen Tage brachten sie an den Rand der Erschöpfung. William hatte sie alle heute wieder hart rangenommen. Der Mann zog den Unterricht rasant an. Er war mit ihnen in den Wald geflogen, um einige befreundete magische Wesen zu besuchen. Es war sehr schwierig gewesen, da die Wesen, den nahenden Tod der Urhexe spürten, nervös und aggressiv reagierten. Ein jedes Wesen fürchtete die Zukunft. Amanda seufzte leise. Sie verstand wahrscheinlich besser als alle anderen Mädchen, weshalb es so wichtig war, eine Nachfolgerin für die jetzige Urhexe zu finden. Das Gleichgewicht zwischen Menschen und Natur musste in Waage gehalten werden. Nichts war wichtiger in dieser Zeit.

Doch keines der anderen Mädchen schien dies zu begreifen. Viele der Mädchen waren in der Stadt aufgewachsen, reiche, gutsituierte Eltern, die sie nicht auf ihre vielleicht wichtige Rolle vorbereitet hatten. Keines der Mädchen wusste, was dieser Ausflug bedeutete. Während Amanda sich über den Waldausflug gefreut hatte, langweilten sich die anderen Mädchen furchtbar. Kaum eines lauschte Williams Vortrag. Die Mädchen hatten herumgealbert, sich über Williams Lektionen lustig gemacht. Der Mann tat Amanda fürchterlich leid. Keins der Mädchen wusste wirklich viel über die magischen Wesen, wusste nicht, dass es weiße und dunkle Wesen gab, Wesen, von denen man sich besser fernhielt.

Ein eigentlich ruhiger, scheuer Hippogreif hatte Titania angegriffen, nachdem sie ihn aus Langeweile geärgert hatte. Das arrogante Mädchen hatte noch nicht begriffen, um was es hier ging. Titania war es gewohnt, von allen Seiten bewundert zu werden, selbst die magischen Wesen sollten sich ihr unterordnen. Notfalls mit Gewalt. Das hatte sie heute klar gemacht. Das Mädchen kannte weder Güte, noch Mitleid. Würde sie die Urhexe beerben, deren Macht erlangen, hatte sie noch sehr viel zu lernen. Amanda beneidete ihren zukünftigen Wächter für diese Aufgabe bestimmt nicht.

aaaaaaaaaaaaaaaaaaaaaaaaa

„Amanda, sind sie noch wach?" William stand an ihrer Tür und klopfte leise. Er steckte seinen Kopf zur Tür herein, als Elenora kichernd antwortete. „Kommen sie rein, Meister. Amanda ist wach. Sie wird sie schon anhören." Rief das kleine Tier, es saß auf dem Rand der Schale und bediente sich an den Nüssen. „Für so einen gutaussehenden Mann hat sie doch immer Zeit." Lächelnd reichte William dem Eichhörnchen eine Handvoll Popcorn, das kleine Tier jubelte.

„Was wollen sie, Mister Spencer? Hat es heute nicht schon wieder gereicht? Selbst sie müssen es einsehen. Ich sagte doch neulich schon, ich gehöre nicht hierher." Amanda zog sich die Decke höher ins Gesicht, „Ich habe mich erneut blamiert. Es haben sich doch alle wieder köstlich über meine mangelnden Flugkünste amüsiert." Sagte Amanda grimmig. Sie riskierte ein Blick als ihr Eichhörnchen auflachte. „Lass sie doch lachen, Mädchen. Wir beide brauchen keinen blöden Besen um irgendwo hin zu kommen." Sagte es geheimnisvoll. „Wir haben unsere eigene Methode." Wieder lachte das Eichhörnchen quiekend auf, als Williams fragender Blick sie traf.

William saß auf der Tischkante und sah dem Tier zu, dass eifrig sein Popcorn fraß. „Du warst gar nicht so schlecht heute, Mädchen. Der Wald und die magischen Wesen sind echt dein Talent. Und du kannst wirklich mit den Tieren sprechen, alle Achtung." Lobte er Amanda liebevoll. Endlich warf sie die Decke beiseite und schob sich hoch.

Mit dem Ärmel trocknete sie ihre Tränen. Das ließ William schmunzeln. Doch Amanda seufzte nur. „Sie meinen, weil ich den Hippogreif davon abgehalten habe, sich auf Titania zu stürzen? Das tat ich nur dem armen Tier zuliebe, nicht wegen Titania. Sie hätte dem Tier wehgetan." Amanda schob die Decke etwas weiter herunter, als sie William auflachen hörte. Mit hochrotem Gesicht sah sie zu ihm herüber. Ihr Lehrer sah richtig jugendlich aus, wenn er so herzhaft lachte. Das gefiel ihr. Er sollte öfter lachen, dachte sie mit klopfenden Herzen. „Titania wird eine mächtige Urhexe abgeben, Mister Spencer. Ihre Macht hat das Wesen in Zaum gehalten. Sie hätte es nur nicht zu Dingen zwingen dürfen, die wider seiner Natur sind." Amanda seufzte leise auf. „Titania muss noch viel lernen, was den Umgang mit schwächeren Kreaturen angeht. Magische Wesen sind sehr stolz. Sie verneigen sich nur, wenn sie ein anderes Wesen als ebenbürtig erachten." Erklärte Amanda ernst.

„So wie dich?" William lächelte erneut, als Amanda wieder hochrot anlief. „Ich musste mich zwar um Titania kümmern, trotzdem habe ich es gesehen, Mädchen. Ich habe gesehen, wie der Hippogreif sich vor dir verneigt hat." William hob ihren Kopf mit zwei Fingern hoch, sah ihr einen Augenblick in die Augen. Unbewusst strich sein Daumen über ihre Lippen, er beugte sich zu ihr herunter. „Habe ich schon gesagt, wie klug du bist? Du bist etwas Besonderes." William ließ sie schlagartig los und sah kurz auf seine Uhr. Wieder wunderte sich Amanda über das merkwürdige Teil an seinem Handgelenk. „Leider macht Klugheit nicht meine mangelnden Flugkräfte oder meine fehlenden Zauberkräfte wett. Ich bin vielleicht klug, doch als Hexe eine Versagerin." Sagte Amanda erneut und kämpfte wieder mit den Tränen. Sie wich Williams Blick aus, um sich zu beruhigen.

William schüttelte entschieden seinen Kopf. „Das ist nicht wahr, Mädchen. Ich sagte doch, du bist besonders. Aber das ist nebensächlich. Es geht der Urhexe immer schlechter." William seufzte schwer auf. Amanda nickte und strich sich lächelnd über die Lippen, immer noch glaubte sie seinen Daumen zu spüren. „ Ich weiß. Der Hippogreif hat es mir erzählt. Die magischen Wesen machen sich große Sorgen, denn die Ernte bleibt dies Jahr aus, es werden keine Elfen geboren, somit werden auch keine Blumen bestäubt, eins führt zum anderen." William erhob sich nur widerwillig. Er reckte sich und legte eine kleine Mappe auf den Tisch. „Ihre Schulaufgaben für Morgen, wir müssen das Pensum anziehen, wir wissen nicht, wie viel Zeit uns noch bleibt." Sagte er streng. Er wandte sich zur Tür, Amandas leise Stimme hielt ihn zurück. „Wann erfahren wir unsere Prophezeiungen?" fragte sie ihn und William drückte seine Schultern durch. „Sie sind wirklich schlau, Mädchen. Woher wissen sie davon?" fragte er brüchig.

„Meine Mutter ist eine Waldnymphe. Sie kennt die Gerüchte von einer Prophezeiung. Jede von uns elf soll eine erhalten haben." Amanda lächelte, sie zwinkerte dem großen Mann an der Tür zu. „Meine Mutter weiß sehr viel. Von ihr habe ich auch die Kraft geerbt, mit den Tieren zu sprechen." Erklärte Amanda nachdenklich.

Endlich lächelte William wieder. „Mag sein, Mädchen, aber sie mit Zauber zum Sprechen zu bringen, das ist ein mächtiger Zauber, der selbst erfahrenen Hexen nur selten gelingt. Es würde mich interessieren, wie es dir gelang." Immer noch sah er fast ungläubig zum kleinen Eichhörnchen, das sich frech reckte und gähnte. Auch Amanda lächelte nun. Besser als zu Weinen. „Ich fand Elenora im Wald hinter unserem Haus, Ein Falke hatte sie schwer verletzt. Ich pflegte sie gesund und wünschte mir mehr als alles andere, sie würde mich verstehen, würde wissen, dass ich ihr helfen will. Ich las in den alten Schriften und fand eine Formel. Ich musste sie allerdings dreimal anwenden, bis es schließlich funktionierte." Amanda grinste William schief an. „Ich sagte doch ich bin eine miese Hexe.

Titania hätte es bestimmt beim ersten Mal geschafft." Seufzte Amanda betrübt.

William schwieg nur. Er öffnete die Tür und sah sich noch einmal kurz um. „Schlaf jetzt etwas. Träum schön. Morgen wird ein anstrengender Tag." Sagte er fast befehlend. Dann war er verschwunden. Nachdenklich sah Amanda den großen Mann hinterher, der nun die Tür hinter sich schloss. Ein trauriges Lächeln umspielte ihren Mund, während sie sich langsam auszog.

„Du hat dich verliebt, Mädchen. Du liebst den großen Kerl." Sagte Elenora. Sie kam zu ihr an den Tisch und grinste. Amanda nahm die kleine Mappe und legte sich wieder in ihr Bett. Jetzt drehte sie sich um. Böse sah sie das kleine Tier an. „Rede keinen Unsinn, Freundin. Er ist nur nett zu mir." Sagte sie streng, doch das Eichhörnchen lachte auf. „Oh doch es stimmt. Er ist aber auch ein lecker Kerlchen, und nett. Hat mir Popcorn geschenkt." Das Eichhörnchen sprang zu Amanda aufs Kopfkissen und sah über deren Schulter, als sie die kleine Mappe öffnete. „Was steht da?" fragte es neugierig. Amanda zog ihre Augen zusammen. „Eine Zauberformel, denke ich, eine mir unbekannte. Ich soll sie bis Morgen auswendig können. Zum Glück ist sie sehr kurz." Amanda vertiefte sich in die Mappe.

aaaaaaaaaaaaaaaaaaaaaaaaaa

„Meine Damen, sie alle haben gestern Abend von mir eine Mappe erhalten. Die darin verzeichnete Zauberformel ist wichtig für ihre Zukunft. Ich werde sie heute erfragen. Ich lese ihre Namen vor und sie treten bitte vor." William hob seinen Kopf, als es klopfte und der Direktor erschien. „Ach gut, Paul, gerade richtig. Wir wollten gerade beginnen." William schob dem Direktor einen Stuhl zu. Unsicher setzte sich der Mann und sah die Mädchen vor sich neugierig an.

„Hat es wieder etwas mit Farben oder Wasser zu tun? Dann würde ich mir gerne erst einmal einen Regenschirm holen, bevor Amanda Tölpel aufgerufen wird" rief Titania frech. Sie sah sich um, in der Hoffnung, eins der anderen Mädchen würde über ihren Scherz lachen, doch es herrschte Stille im Raum. Beleidigt verzog sie ihr Gesicht. Lilli räusperte sich laut. „Sie heißt Amanda Tolpin, Titania. Falls du es nicht weißt, schreibe ich es dir gerne auf" Lilli erhob sich und trat vor Williams Schreibtisch. „Ich denke, ich bin die Erstgeborene im Artegio Mond und sollte anfangen." Sagte sie ernst. William nickte dankbar.

Jetzt erhob sich der Direktor und stellte sich vor die Mädchen. Er schluckte kurz. „Meine Damen, Mister Spencer hat sie in den vergangenen Wochen auf die zukünftige Aufgabe vorbereitet. Durch den Zauberspruch, den wir gestern für sie speziell erarbeitet haben, gelingt ihnen ein kurzer Blick in ihre Zukunft. Der Zauberspruch enthält einen Teil ihrer Prophezeiung, die im Moment ihrer Geburt am Himmel erschien. Wir erhoffen uns dadurch etwas Klarheit, wer von ihnen die Urhexe beerben wird." Der Direktor setzte sich und seufzte leise auf. „Es ereilen uns sehr beunruhigende Nachrichten. Der Urhexe geht es immer schlechter. Sie verliert ihre Kräfte. Durch die Zauberformel wird ihnen vielleicht offenbart, wer ihr zukünftiger Wächter werden wird. Dies wird einer normalen Hexe erst an ihrem 23. Geburtstag offenbart. Sie, meine Damen, sind aber alle nicht normal, wir müssen alles beschleunigen. Ich hoffe, sie verstehen den Ernst der Lage." Sagte Paul streng. Vereinzelt wurde genickt. Jetzt winkte William Lilli zu sich. Er legte dem Mädchen beruhigend seine Hand auf die Schulter. „Also, der Zauberspruch beinhaltet einen Teil deiner Prophezeiung. Wenn du ihn sprichst, wirst du in eine Art Trance fallen. Es ist wichtig, dass du uns berichtest, was du siehst, verstanden?" fragte William heiser. Lilli nickte. Sie setzte sich auf den Stuhl an Williams Tisch und schloss ihre Augen.

„Die Macht zu dienen ist größer, als die Macht zu herrschen. Aus der Kraft der zweiten erwächst die Macht der Ersten." Lilli fiel vornüber. William fing ihren Kopf auf und bettete ihn auf den Schreibtisch. „Ich sehe einen alten Mann, er hält meine Hand und sagt er sei mein Wächter, er ist gütig." Lilli lachte leise auf. „Ich bin verheiratet, man, mein Mann sieht gut aus." Berichtete Lilli träumend. Lilli schüttelte sich kurz, sie öffnete ihre Augen und sah sich verwirrt um. Die anderen Mädchen lachten leise auf. „Gratuliere zum gutaussehenden Ehemann" sagte William lachend, er grinste, als Lilli hochrot anlief und sich eilig auf ihrem Platz setzte. William rief ein Mädchen nach dem anderen auf, ungeduldig trommelte Paul mit seinen Fingern. Noch hatte keins der Mädchen etwas wirklich Hilfreiches gesehen. Hoffentlich war das hier nicht vergebens.

„Toll, mein Wächter ist mein eigener Vater. Das kann nur mir passieren." Judy erhob sich wütend vom Schreibtisch und setzte sich beleidigt auf ihren Platz. „Und einen Mann habe ich auch noch nicht." schimpfte Judy bitter. William verzog grinsend sein Gesicht. Er seufzte auf, es waren nur noch wenige Mädchen übrig, und keine hatte etwas gesehen, was ihnen weiterhalf. Jetzt erhob sich Titania und kam zu ihm herüber, wie unabsichtlich strich ihr Arm über Williams Schulter. „Vielleicht sehe ich ja unsere gemeinsame Zukunft" flüsterte sie den überraschten William ins Ohr. „Würde mich jedenfalls nicht überraschen. Wir wären ein schönes Paar." Sie setzte sich grinsend an den Tisch und schloss ihre Augen.

„Aus Demut entsteht eine große Kraft, die zu erlangen ein langer Weg sein wird." Titania fiel nach vorn und wurde von William aufgefangen, auch ihren Kopf legte er auf den Schreibtisch. „Ich sehe einen Mann auf mich zukommen. Er ist mir bekannt, aber ich weiß seinen Namen nicht. Seine Kleidung ist ganz dunkel, er trägt einen langen Mantel. Er sagt jetzt, sein Name ist Roger, er nimmt meine Hand und sagt, er sei mein Wächter. Nicht schlecht, er sieht gut aus." Titania öffnete ihre Augen und sah sich einen Augenblick verwirrt um. Dann ging ihr Blick enttäuscht zu

William. „Sie werden also nicht mein Mann. Schade aber auch, hätte interessant werden können. Aber was nicht ist, kann immer noch werden, oder?" Gelangweilt erhob sie sich und sah zu Amanda herüber. „Gespannt, was deine Zukunft für dich bereit hält? Ich schätze, ein verstaubtes Leben zwischen zahlreichen schreienden Kindern." Gehässig setzte Titania sich auf ihren Platz und grinste, als William das nächste Mädchen aufrief. „Ich hatte wirklich große Hoffnung, dass Titania den Durchbruch bringen würde" flüsterte Paul William zu, dieser nickte grimmig. Titanias Schwärmerei für ihn nahm unangenehme Formen an. Das musste sich schnell ändern. Bevor es gefährlich wurde. „Hast du die Beschreibung ihres Wächters vernommen? Das wird einigen Ärger bringen." Sagte er ebenso leise. Besorgt erwiderte er Pauls Blick.

William wandte sich wieder den Mädchen zu. Es waren nur noch zwei Mädchen übrig. Sollte ihre Mühe umsonst gewesen sein? Hatten sie irgendein Mädchen übersehen, damals vor 18 Jahren? Er seufzte auf, als auch Gertrud sich erhob, ohne eine wirklich wichtige Vision gehabt zu haben. „Amanda, sie sind dran." William hob seine Hand und hielt sie Amanda entgegen. „Nur Mut, es kann ihnen nichts geschehen." Ermutigte er das schüchterne Mädchen.

„Doch, ein Blick in eine trostlose Zukunft, arm, einsam und jede Menge Probleme am Hals" Titania grinste dreckig. Ihr Blick verfolgte William, der nun Amandas Hand nahm und sie zum Stuhl brachte. „Wie fürsorglich, William. Verschwenden sie ihre Zuneigung nicht an die Verkehrte." lästerte sie leise. Doch dann schreckte das arrogante Mädchen zusammen.

„Miss Halmann, es reicht. Niemand legt hier Wert auf ihre sehr ungehörige Meinung. Nicht alle hier haben reiche Eltern, die ihre Tochter alles leisten konnten und maßlos verwöhnten. Zügeln sie sich, oder verlassen sie den Raum!" schrie Paul. Der Direktor erhob sich wütend und sah zu Titania herüber. William musste sich ein Grinsen verkneifen, der Direktor hob nun seine Hand. „Wir haben uns ihre Visionen angehört, jetzt werden wir der von Miss Tolpin lauschen!" befahl der Direktor. Resigniert ließ Paul sich auf seinen Stuhl fallen. Sie verschwendeten hier ihre Zeit, es brachte nichts. Es musste einen anderen Weg geben, aus all den Mädchen die Richtige zu finden. „Miss Tolpin, wir warten." Sagte er ungeduldig, grimmig. Amanda nickte, sie wischte sich eine Träne aus dem Gesicht.

„Aus wahrer Liebe erwächst eine grenzenlose Macht. Sie vereint zwei Herzen, macht sie zu einem und entfesselt wahre Fügung" Amanda fiel vornüber. William fing sie auf, hielt ihren Kopf in seinen Händen und wartete gespannt. Amanda schwieg einen Augenblick, sie zuckte, lächelte dann. „Ich werde geküsst, es fühlt sich so gut an." Jetzt wurde sie unruhig. Amanda warf ihren Kopf wild hin und her. „Eine riesige Chimäre erscheint, sie reißt den Mann von mir weg!" Amanda hob ihre Hände und versuchte in der Luft, jemanden zu halten. Sie griff nach William und presste sich an ihn. „Geh nicht, bleib, es ist dein Tod! Ich kann dich nicht retten! Nein!!!" Jetzt weinte Amanda laut.

William schüttelte sie sanft, endlich öffnete Amanda wieder ihre Augen und sah sich verirrt um. Sie schluckte als sie in Williams Gesicht sah, lief hochrot an und strich sich unbewusst über ihre Lippen, so als spüre sie immer noch den Kuss. „Entschuldigung" flüsterte sie heiser. Die Mädchen amüsierten sich, wieder hatte Amanda sich blamiert, hatte sich an den Lehrer geklammert, hatte laut gejammert. Sie sprang auf und rannte hecktisch aus den Raum.

„Na toll, hat ja alles nichts gebracht. Keinerlei Hinweis, der uns weiterbringen kann." sagte Paul wütend. Er erhob sich schwerfällig und sah sich im Raum um. „Ich danke ihnen, meine Damen." Der Direktor ging in den Flur.

„Warte einen Augenblick. Es ist wichtig." William folgte dem Direktor vor die Tür. „Da bin ich mir nicht so sicher, Paul. Vielleicht war es doch der Durchbruch. Ich muss was nachprüfen. Wir sprechen uns nachher." Sagte William geheimnisvoll.

4.Kapitel

Amanda warf wahllos ihre Kleidung in eine abgetragene Reisetasche und rief zum zehnten Mal nach Elenora. Das kleine Eichhörnchen tobte irgendwo draußen herum, schien sie nicht hören zu wollen. „Verdammt, Elenora, wenn du nicht Augenblicklich erscheinst, kannst du hier bleiben! Dann sieh doch zu, wer sich deine Frechheiten gefallen lässt!" Amanda stand am Fenster und wartete ungeduldig. Doch keine Spur des kleinen Tier.

„Du willst davonlaufen, Mädchen?" fragte William verärgert. Amanda schnellte herum, sie hatte nicht gehört, dass William ihr Zimmer betreten hatte. Jetzt saß er auf ihrem Bett und sah zu ihr herüber. Seine Arme verschränkt starrte er nun wütend auf die gepackte Reisetasche. Er grunzte auf, als Amanda heftig nickte.

„Ich hätte schon neulich gehen sollen, es ist verschwendete Zeit für sie und auch für mich. Ich denke, der Prophet hat sich im Mädchen geirrt, als er mich erwählte. Ihre wahre Urhexe ist noch irgendwo da draußen. Ich bin und bleibe eine Niete." Sagte Amanda bitter. Sie seufzte leise auf, das kleine Eichhörnchen erschien endlich und grinste als William seine Hand öffnete und eine Mohrrübe zum Vorschein kam. „Toll, wird auch Zeit, dass mal jemand an mich denkt." Sagte Elenora lachend. Sie sprang zu William und nahm die Mohrrübe. „Bei uns Eichhörnchen gilt so etwas als Heiratsantrag. Schade dass sie kein Artgenosse sind." Scherzte das Eichhörnchen jubelnd.

William lächelte, er hatte ein schwierigeres Problem, das Eichhörnchen war eher hinderlich im Moment. Er sah zu dem Tier und senkte seine

Stimme. „Es soll als Bestechung dienen, Elenora. Kannst du mich einen Augenblick mit Amanda alleine lassen? Wir haben etwas zu besprechen, das deinen kleinen neugierigen Ohren nur schaden kann." Bat er das kleine Tier ernst.

„Warum sollte ich? Amanda hat keine Geheimnisse vor mir. Außerdem will sie ja eh Nachhause fahren." Elenora setzte sich frech vor William. „Sie wollen sie doch nur wieder überreden, hier zu bleiben. Doch Amanda leidet hier. So schüchtern wie hier war sie noch nie. Sie hätten sie im Wald oder im Gebirge erleben sollen. Sie ist Freund mit allen Kreaturen." Elenora lächelte sanft. „Wir sind mit einem mächtigen Hegaton befreundet, und schon oft mit ihm geflogen. Er breitet seine Flügel aus und bringt uns beide hoch in die Luft." Das kleine Tier tanzte jetzt lachend über den Tisch. „Amanda braucht nur an ihn zu denken und schon erscheint er." Erzählte Elenora.

Ungläubig hob William seinen Kopf. „Du willst mir allen Ernstes erzählen, ein mächtiger dunkler Hegaton hätte euch erlaubt, mit ihm zu fliegen?!" fragte William atemlos. Er schüttelte zweifelnd seinen Kopf. Ein Hegaton war der Beschützer eines Waldes, das mächtigste Wesen. Er gehörte zu den dunklen Wesen und seine magischen Kräfte waren gefürchtet. Ein von ihm bewachter Wald gehörte zu den verbotenen Gebieten. Noch nie hatte er gehört, dass sich ein Mensch ihm nähern durfte, geschweige ihn berühren. „Ich glaube, jetzt fantasierst du, Tierchen." Erklärte William zweifelnd.

Amanda lächelte, das erste Mal heute. „Sein Name ist Prewolf und sein Fell ist seidenweich. Es fühlt sich warm an. Wir dürfen uns immer unter seine riesigen Flügel kuscheln und haben nicht nie gefroren, egal wie hoch er geflogen ist. Wir waren so hoch, wie noch kein anderer Mensch vor uns. Die Welt sah so klein aus." Amanda schloss ihre Augen, als sie sich an die Flüge erinnerte. „Man glaubt er sei hart und brutal, man muss ihn fürchten, doch das stimmt nicht. Seine Stimme ist dunkel, fast glaubt man er würde singen. Ich traf den Hegaton, als ich in eine Schlucht gefallen war." Amanda kam zu William herüber und nahm ihr Eichhörnchen auf die Hand. „Ich war damals 14 Jahre alt und alleine im verbotenen Wald unterwegs, obwohl Mutter es mir streng verboten hatte. Ich rutschte ab und fiel in eine Schlucht. Mein Fuß war verstaucht. Der Hegaton erschien und trug mich durch die Luft bis zu meinem Elternhaus. Zum Glück war Mutter nicht Zuhause und konnte deshalb auch nicht schimpfen." Amanda lachte leise auf. „ Erinnern sie sich, als sie mich fragten, ob ich zu Fuß zur Schule gekommen wäre und ich sagte, ein Hegaton hätte mich gebracht?" Amanda lachte leise auf. „Ich sagte ihnen, ich mache nie Scherze. Elenora hat nicht gelogen, Mister Spencer. Aber es ist egal, denn es hat nichts mit ihrem Problem zu tun. Ich bin und bleibe eine Versagerin, was Zauberei angeht." Berichtete Amanda schluckend. Sie wollte nicht wieder weinen. Es reichte, dachte sie.

William schüttelte immer noch seinen Kopf, jetzt sah er zum Eichhörnchen. Das Tier störte, es war zu neugierig und zu schwatzhaft. Was er mit Amanda zu besprechen hatte, sollte möglichst geheim bleiben. Er hob seinen Arm und ließ Elenora seine Uhr sehen. Das kleine Tier erstarrte, sprang zu ihm herüber und verneigte sich kurz. „Ich werde noch mal raus hüpfen, Amanda. Ich habe vergessen, dass ein wirklich gutaussehendes Männchen auf mich wartet." Ehe Amanda reagieren konnte, war Elenora zum Fenster raus. Energisch schloss William es hinter dem Tier und wandte sich wieder zum Bett.

„Erzähl mir, warum du heute Vormittag rausgelaufen bist, Mädchen" William erhob sich, er überragte Amanda, die jetzt zwei Schritte zurückging um zu ihm aufzusehen. Sie schluckte schwer auf. „Ist es wegen deiner Prophezeiung?"

fragte er dunkel. Er musste es wissen, es war enorm wichtig. Davon hing alles ab.

Amanda nickte, sie suchte nach einem Taschentuch und wischte sich verstohlen eine Träne fort. „Ich sah nicht meine Zukunft, Mister Spencer. Titania hat wohl Recht. Ich sah nicht einmal meinen Wächter. Meine Vision war höchstens eine kindische Träumerei." Amanda schluckte schwer. Sie wich Williams Blick aus. Das alles war so peinlich, dachte sie.

„Du sagtest, du würdest geküsst. Vielleicht war das dein Wächter? Es kommt oft vor, dass eine Hexe und ein Wächter heiraten." William wartete geduldig, bis Amanda sich umdrehte und ihn anstarrte. Heftig schüttelte sie ihren Kopf. „Das kann in meinen Fall nicht stimmen, Mister Spencer, denn der Mann der mich geküsst hat, war kein Wächter, sondern ein Lehrer, es waren sie! Und sie wurden von der Chimäre wegerissen!" Amanda senkte ihren Kopf. „Nun lachen sie schon, es ist doch auch komisch.

Deshalb bin ich davongelaufen. Stellen sie sich vor, ich hätte das vor der versammelten Klasse erzählt. Sie haben doch so schon genug gelacht." grollte Amanda wütend.

William hob schweigend ihren Kopf und versuchte in ihrem Blick zu lesen. Amanda schloss ihre Augen, um seinem Blick auszuweichen. Sie wollte nicht sehen, wie amüsiert der Mann sein musste. „Es handelt sich dabei sehr wahrscheinlich nur um eine Jungmädchenschwärmerei. Vielleicht habe ich mich etwas in sie verliebt. In meiner Heimatstadt gibt es nicht allzu viele junge Männer." sagte sie hastig. Amanda wollte sich von William losmachen, doch sein Griff um ihren Kopf verstärkte sich. „Unglaublich. Es ist einfach unglaublich" flüsterte er heiser. „Paul wird aufatmen." Ehe Amanda antworten konnte, senkte William seinen Kopf und legte seine Lippen auf ihren Mund. Sanft küsste er sie. Ein lautes Donnern ließ Amanda zusammenzucken. „Na, wenn das kein gutes Zeichen ist." Flüsterte er. Langsam löste William sich von ihr und lächelte als er ihr vollkommen überraschtes Gesicht sah. „Also, der Kuss hat mir sehr gefallen und noch sehe ich keine Chimäre, Mädchen. Schlaf gut." Sagte er leise. Er wandte sich zur Tür. „Träum schön, und glaube nicht, dass wir dich gehen lassen werden. Vergiss nicht dein freches Eichhörnchen rein zulassen." Befahl William frech grinsend. Der Mann schien sehr erleichtert zu sein, das spürte Amanda. Immer noch befangen vom sanften Kuss.

Noch immer stand Amanda starr in ihrem Zimmer, unfähig sich zu rühren. William lächelte und schloss die Zimmertür hinter sich. Draußen lehnte er sich schweratmend gegen die kalte Mauer und schloss einen Augenblick seine Augen. Dann ging ein Lächeln über sein Gesicht. Was für ungeheuerliche Neuigkeiten. Amanda, die sanfte Amanda, hatte eine Menge Geheimnisse, dachte William. Er musste unbedingt Paul aufsuchen und dem Direktor von dem Gespräch berichten.

aaaaaaaaaaaaaaaaaaaaaaaaaaaaaa

Pauk grunzte verärgert. Er fand das alles für Zeitverschwendung. „Du verrennst dich, William. Das Mädchen entspricht in keinster Weise, dem was eine Urhexe ausmacht. Sie wird versagen, William. Ich bin nach wie vor der Meinung, es wird eine der anderen werden. Vielleicht spielt diese Amanda uns allen etwas vor. Du sagtest doch, sie kennt sich extrem gut aus in der Geschichte der Magie." Paul schenkte zwei Gläser voll. Nachdenklich reichte er eins davon seinem Freund. „Sie ist schwach und schüchtern. Überlege mal. Wenn wir die Bücher wälzen, wurde stets von der Kraft und der Macht der Urhexe berichtet." Sagte Paul nachdenklich.

William schüttelte entschieden den Kopf. „Vielleicht bricht jetzt eine neue Zeit an, Paul. Amanda kann mit den magischen Wesen sprechen. Das konnte noch keine der Urhexen vor ihr. Und sie dienen ihr! Ein jedes Wesen verneigt sich vor Amanda. Du hättest es sehen müssen. Sie ist auf einem Hegaton geflogen! Ich habe mich erkundigt. Prewolf ist einer der drei- einer der drei Wächter der magischen Wesen." William musste seinen Freund überzeugen. „Er hat das Mädchen nicht umsonst gerettet damals. Die magischen Wesen wissen wahrscheinlich besser als wir, wer die Urhexe werden wird." William lächelte, wieder gingen seine Gedanken zum Kuss zurück.

Paul erhob sich und sah auf seine Uhr. „Du magst das Mädchen, William, aber das sollte deine Entscheidungsfähigkeit nicht beeinträchtigen. Du kennst dein Schicksal besser als jeder andere, und ich beneide dich deshalb bestimmt nicht." Paul grunzte auf, er ahnte was in seinem Freund vor sich ging. Er sah wieder demonstrativ auf seine Uhr. „Lass uns den Abend beenden. Wir werden Morgen weitersehen." Sagte er hart. Vielleicht brauchte William Zeit zum Überlegen. Er musste sich endlich entscheiden, es drängte.

William nickte, schweigend stellte er sein Glas auf den Tisch und verließ seinen Freund. Paul hatte Recht, er mochte Amanda, ihre sanfte, ruhige Art unterschied sie gewaltig von den anderen Mädchen. Ihre leicht schräg stehenden grünen Augen, ein Erbe ihrer Mutter, hatten ihn von Anfang an fasziniert. Schon vom ersten Tag an, als sie vor der großen Eingangstür der Schule gestanden hatte, unsicher was sie tun sollte. Die anderen Mädchen waren bereits hier gewesen, hatten sich über Amanda lustig gemacht. Und sie war unfähig, sich zu wehren. Schon damals hätte er sie am liebsten in Schutz genommen.

William ging nachdenklich durch den dunklen Gang, er musste mehr über Amanda erfahren. Das kleine Eichhörnchen fiel ihm ein, das Tier stellte einen Schlüssel dar, davon war William überzeugt. Das Tier kannte Amanda besser als jeder andere, überlegte William. Wenn er Elenora fand, würde er mehr erfahren. Das Tier musste ihm seine Fragen beantworten. Doch, wo sollte er suchen. Das Eichhörnchen konnte überall sein.

„Passen sie auf, Meister, oder sie machen sich eines Mordes schuldig. Passen sie auf, wohin sie ihre großen Füße stellen. Nicht jeder hat Normgröße" Hörte William eine genervte Stimme rufen. Wie gerufen, stand plötzlich Elenora vor William und versuchte in der Dunkelheit von seinen Füßen nicht getroffen zu werden. William atmete auf. Er beugte sich zu dem Tier herunter und nahm es auf seine Hand. „Hallo kleine Freundin. Ich habe gerade an dich gedacht." Sagte er leise. Das Eichhörnchen quiekte unwillig. Dann hob es seine kleinen Pfoten. „Ok, ich weiß jetzt also, wer ihr seid, Meister. Und Prewolf sagt, ich muss euch gehorchen, ob ich will oder nicht. Trotzdem soll ich euch von Prewolf ausrichten, er würde euch mit Haut und Haaren fressen, wenn ihr unserer kleinen Amanda weh tut." Das Eichhörnchen machte sich so groß wie möglich. Finster sah es den großen Mann vor sich an. William hob seine

Hand und hielt sich Elenora vors Gesicht. „Du hast mit Prewolf gesprochen? Er hat seinen Wald verlassen und ist hier?" fragte er ungläubig. William konnte es fast nicht glauben, als das kleine Tier nun seinen Kopf hob. „Prewolf war, ist und wird immer in der Nähe von Amanda sein. Ich sagte euch doch, Meister, in dem Mädchen steckt mehr, als ihr kurzsichtigen Menschen seht." Elenora sprang von Williams Hand. „Ich bin Prewolfs Ohren und seine Augen. Ich bin nicht umsonst immer bei Amanda. Also, niemand tut unserem Schützling weh. Denkt dran…" Das kleine Tier lachte leise auf. „Denkt gut daran, bevor ihr unseren Schützling noch einmal küsst." Mit einem leisen Quietschen lief das Eichhörnchen durch den langen Gang. William wusste, es lief zu Amanda zurück.

5.Kapitel

William rieb sich kurz die Augen. Seine Nacht war fast schlaflos gewesen. Zu viel ging ihm durch den Kopf. „Gestern durften sie einen kurzen Blick in ihre Zukunft tun, meine Damen. Viele von ihnen haben dadurch ihren zukünftigen Wächter kennengelernt." Sagte er streng und machte eine kurze Pause. William sah sich im Klassenzimmer um und hielt seinen Blick auf Amanda gerichtet. „Heute müssen wir uns über die Wächter unterhalten. Welche Aufgabe haben sie, wer macht sie zu ihren Beschützern?" Geduldig wartete er auf Antworten, endlich meldete sich Lilli. Das Mädchen schien sich viele Gedanken gemacht zu haben. Wenigstens eine von ihnen, dachte William.

„Die Wächter müssen uns schützen, sie geben uns Rat und Tat. Ihr Leben ist dem unseren untergeordnet, da sie wie alle Männer der magischen Welt nur über beschränkte

Zauberkräfte verfügen. Sie bleiben bis zu ihrem oder unserem Tod immer an unserer Seite. Sie würden uns mit ihrem Leben beschützen, sich selber opfern, nur um unser Leben zu retten." Lilli verstummte. William nickte ihr lobend zu. „Das war vollkommen richtig, Lilli." Sein Blick ließ Amanda nicht los. Das Mädchen zuckte zusammen. Sie schien in diesem Moment zu begreifen, was ihre Vision zu bedeuten hatte. Erschüttert schloss sie ihre Augen.

„Soll das bedeuten, wären sie mein Wächter, Mister Spencer, würden sie sich für mich opfern? Wäre das nicht romantisch?" Titania erhob sich und kam zu William herüber. Dieser nickte unwillig, er beobachtete die hochrot angelaufene Amanda. Er schob Titania beiseite und setzte sich nun an seinen Schreibtisch. „Setzen sie sich Miss Halmann. Lassen sie ihre Scherze. Wir müssen noch viel arbeiten." Titania verzog wütend ihr Gesicht. Sie legte ihre Hand auf Williams Arm und lächelte. „Schade, dass sie nur ein einfacher Lehrer sind. Ich hätte sie gerne als Wächter. Bei

Tag und bei Nacht." Ihre halbgeflüsterten Worte brachten die anderen Mädchen zum Lachen, alle außer Amanda, die stocksteif auf ihrem Stuhl saß. Ihre Vision ließ sie nicht ruhen, hatte sie die ganze Nacht wachgehalten. William hatte sie geküsst, dann hatte er sich der Chimäre gestellt. Immer wieder musste sie daran denken. Ihre Finger strichen über ihre Lippen, auch gestern hatte William sie liebevoll geküsst. Ein Lächeln umspielte ihren Mund als sie sich daran erinnerte. Jetzt stieß Lilli sie liebevoll an. „Werde wach Amanda, Mister Spencer schaut schon her." Flüsterte sie ihr zu. Amanda senkte verlegen den Kopf.

„Also, meine Damen, die Wächter. Wer macht sie zu ihrem Wächter? Sie können sie sich doch nicht einfach aussuchen." William kam nun zu Amanda herüber und setzte sich halb auf ihren Tisch. „Wie funktioniert es dann, Miss Tolpin?" Sein Blick glitt über Amandas Gesicht, das Mädchen schien mit sich zu kämpfen. „Wir werden es in dem Augenblick wissen, wenn wir sie sehen. Wenn unsere Kräfte voll erwachen, werden wir unsere Wächter treffen. Es sind Zauberer aus den unterschiedlichsten Regionen unserer Welt." sagte Amanda. Sie lehnte sich in ihrem Stuhl zurück und seufzte leise auf. Williams Nähe machte sie nervös. „Weiter, Miss Tolpin, sie sind so klug, da wissen sie auch das übrige." Sagte William. Er erhob sich nun und ging weiter durch den Raum, seine Hände hinter dem Rücken verschränkt, wartete er auf Amandas weitere Worte. „Einzig der Wächter der zukünftigen Urhexe ist besonders. Er stammt aus der Familie der vorherigen Urhexe. Entweder ein Sohn, ein Enkel oder ein Neffe von ihr. So werden die gewaltigen Kräfte der Urhexe weitergegeben, vererbt, der Wächter überbringt sie der nächsten Generation." Erklärte Amanda leise weiter.

Amanda wurde unterbrochen. Jemand klopfte auf seinen Tisch. „Soll das heißen, meine Kräfte werden noch größer?" Titania lachte laut auf. Sie ließ kleine Blumen im Zimmer erscheinen, die wie Seifenblasen zerplatzten. „Wer sagt, dass sie die

Urhexe beerben, Miss Halmann. Es gibt hier noch mehr gute Hexen hier." schimpfte William wütend. Er wandte sich zu seinem Stuhl um, als eine gewaltige Erschütterung die Schule erbeben ließ. Das Gebäude wackelte und Fensterscheiben gingen zu Bruch. Die Mädchen schrien auf. Sie stürzten zum Fenster und schrien erneut auf, der Himmel verdunkelte sich, ein gewaltiger Blitz zuckte über das Gelände. Dicke Regenwolken jagten über dem Himmel.

„Es geht los" fluchte William. Er kam zu Amanda und legte ihr seine Hand auf die Schulter. „Die Urhexe liegt im Sterben." Flüsterte er erschüttert. Während die anderen Mädchen panisch aufschrien, stand das Mädchen seelenruhig im Raum und hatte ihre Augen geschlossen. Es schien als hielte sie Zwiesprache mit der Natur. Jetzt wandte sie sich zu ihm herum. „Ich weiß, ich spüre es. Nur der Zauber der mächtigen drei hält sie noch am Leben." Amanda flüsterte. „Prewolf sagt, die Natur ist wütend. Sie verlangt eine Entscheidung." Sie zuckte zusammen, als William seinen Griff verstärkte. „Du weißt von den mächtigen drei?" fragte er sie ungläubig. Er wandte sich zur Tür, als diese aufgerissen wurde. „William, wir müssen die Schule evakuieren. Wir sind hier nicht sicher. Ich bin dabei, die anderen Lehrer mit den jüngeren Kindern wegzuschicken." Paul stand im Türrahmen und atmete schwer. „Unsere Zauberkraft ist zu gering. Wir brauchen deine Hilfe." Sagte Paul verzweifelt. William nickte ihm zu, er nahm seine Hand von Amandas Schulter. „Unser Gespräch ist noch nicht beendet, Mädchen" sagte er zu ihr, dann folgte er dem Direktor. „Sie, meine Damen, bleiben alle hier in diesem Raum, es ist das Sicherste. Niemand verlässt ihn!" befahl William streng. Sein wütender Blick traf Titania, die ihm folgen wollte. Dann waren beide Männer fort.

„Na, kleine Larve. Hast du das Mitleid unseres Lehrers erweckt? Er scheint ja einen Narren an dir gefressen zu haben" sagte Titania voller Eifersucht. Sie wandte sich um und starrte wütend auf Amanda, die schweigend am Fenster stand. Wieder zuckte ein Blitz durch den Himmel. Ein gewaltiger Donner folgte. Die Mädchen schrien auf. Ängstlich umklammerten sie sich, während Amanda weiter am Fenster stand. „He, du, Milchgesicht. Ich rede mit dir!" schrie Titania. Sie hob ihren Zauberstab und ließ einen Stromstoß in Amandas Richtung fliegen. Diese zuckte zusammen, als der Strahl sie traf, immer noch schwieg sie. Wieder hob Titania ihren Stab, wieder flog ein Strahl durchs Zimmer. Plötzlich wandte sich Amanda herum, hob ihre Hand und lenkte den Strahl mit einer leichten Bewegung in eine Wand. Der Strahl prallte ab und traf Judy, die laut aufschrie. Amanda wandte sich erneut zum Fenster, sie konnte auf dem Schulhof die jüngeren Schüler sehen. Voller Angst und Furcht, weinend. Zusammen mit ihren Lehrern versuchten sie vergeblich, das Gelände zu verlassen. Immer wieder durchzuckten riesige Blitze den Himmel, es begann zu regnen. Eisiger Schnee fegte über den Hof. Jetzt schlug ein Blitz auf dem Schulhof ein, die kleinen Kinder schrien panisch auf.

Wieder wollte Titania ihren Zauberstab heben, als er ihr mit Wucht aus der Hand gerissen wurde und an der Decke hängen blieb. „Wir haben jetzt keine Zeit für deine Eifersüchteleien, Titania. Die Welt geht unter! Begreif das endlich." Schnauzte Amanda und senkte ihre Hand. Sie stand immer noch am Fenster und starrte auf den Hof. Jetzt konnte sie William sehen, der mit den anderen Lehrern zusammen versuchte, eine Schneise durch das Unwetter zu treiben. Wieder zuckte ein Blitz, William schwankte getroffen zurück. Amanda holte tief Luft. „Wir werden dort draußen gebraucht. Wem seine Aufgabe bis jetzt nicht klar war, der wird es jetzt lernen. Wir sind geboren, um zu dienen. Die magischen Wesen und Kreaturen rufen uns. Hört genau zu, dann könnt ihr ihre Hilferufe vernehmen." Amanda wandte sich zur Tür und öffnete sie.

„Wir sollen hierbleiben, Mister Spencer hat das befohlen." widersprach Judy. Sie setzte sich ängstlich auf ihren Platz und zog ihren Kopf zwischen die Arme. Weitere Mädchen taten es ihr gleich. Doch dann wurde eine Stimme laut. „Ich kann sie hören, Amanda. Ich kann viele tausend verängstigte Stimme hören. Man ruft nach uns, lass uns gehen." Lilli kam zu Amanda herüber. „Ich folge dir." Viele der anderen Mädchen nickten und folgten Amanda, die durch den langen Gang zum Schulhof ging.

aaaaaaaaaaaaaaaaaaaaaaaaaaaa

„Es klappt nicht, verdammt. Der Sturm ist zu stark. Wir können die Schüler nicht wegbringen!" schrie Paul. Er riss ein Kind beiseite, als ein weiterer Blitz einschlug. William erhob sich schwerfällig, der Blitz hatte ihn heftig getroffen. „Wir müssen uns etwas anderes überlegen. Die Kinder müssen in Sicherheit. Wenn der Zauberspruch der mächtigen drei verlischt, die Urhexe stirbt, bevor wir eine neue erwählt haben, bricht ein nie dagewesener Krieg aus."

Sagte er zu Paul, der ihn fragend ansah. „Was für ein Zauberspruch? Woher weißt du das?" fragte er verwirrt. Seit wann hatte sein Freund Geheimnisse vor ihm, dachte er besorgt.

William wurde einer Antwort enthoben, die Tür der Schule öffnete sich und alle 11 Mädchen erschienen auf dem Hof. Wieder zuckte ein Blitz, er zuckte direkt auf die Mädchen zu, die panisch aufschrien. Doch Amanda lächelte leise, als ein riesiger Schatten den Himmel noch dunkler machte, sich zwischen sie und den Blitz schob. Sekundenlang herrschte Ruhe auf dem Hof, alle Menschen starrten auf den großen Schatten, der nun langsam tiefer kam. Seine Flügel weit ausgebreitet, flog ein mächtiger Hegaton über ihre Köpfe, der Luftzug riss einige der Kinder um, als er auf dem Hof landete. Amanda rannte zu ihm. Ohne auf den Warnruf von William zu achten, griff sie in das Fell des riesigen Tieres. Sie verschwand fast darin. Jetzt konnten alle ein dunkles Summen hören, der Hegaton schien mit Amanda zu sprechen. „Ja, ich weiß Prewolf" hörte William Amanda sagen. „Ich werde es so tun." Amanda nickte. Wieder zuckten Blitze über das Gelände, die Kinder schrien auf. Der Hegaton fauchte gefährlich laut, als William sich ihm nähern wollte, er hob seinen mächtigen Kopf und reckte ihn warnend in dessen Richtung. „Komm mir nicht zu nahe, Meister. Du und, wir stehen auf verschiedenen Seiten." sagte er drohend. William stoppte, besser, er befolgte den Befehl. Beruhigend strich Amanda über Prewolfs Fell. Dann drehte sie sich um.

„Bildet einen Kreis, Mädchen und hebt eure Hände! Gebt alles, was ihr an Zauberkraft habt!" schrie Amanda befehlend. Sie hob ihre Stimme und schrie gegen den aufkommenden Sturm an. Sie sah kurz zu William der immer noch regungslos vor dem Hegaton stand. „Tut, was sie sagt!" befahl Paul, als er das Zögern der Mädchen bemerkte. Er riss Titania grob am Arm und reihte sie in den Kreis ein, als diese sich weigern wollte. „Verdammt, verwöhnte Göre! Es geht hier um Leben und Tod! Tu, was Amanda dir sagt!" Paul hielt sie fest, als Titania sich wehren wollte. Unwillig hob sie ebenfalls ihre Hände. „Das wird ein Nachspiel haben, mein Vater wird sie zur Rechenschaft ziehen dafür!" schimpfte sie wütend. Es war Paul egal, er sah zu William, der dem Hegaton nachsah. Amanda hatte sich auf den Rücken des Wesens gesetzt und das mächtige Tier hob ab. Regentropfen flogen wie Geschosse umher, als es seine Flügel bewegte. Der Hegaton blieb in der Luft stehen, direkt über den Mädchen, er begann leise zu singen, ein breiter Tunnel erschien mitten im Unwetter, als die Zauberkräfte der Mädchen auf den Hegaton trafen.

„William, die Schüler müssen durch den Tunnel" schrie Paul, er verstand, was Amanda dort am Himmel tat. Der Hegaton leitete die Blitze um, ein Weg wurde frei, der den Kindern die Flucht ermöglichte. William nickte grimmig. Immer wieder ging sein Blick zu Amanda hoch. Sie saß oben auf dem mächtigen Wesen, hatte ihre Hände ebenfalls erhoben und stimmte in das laute Summen des Tieres ein. In Minutentakt hoben nun die Lehrer mit ihren Klassen ab, sie flogen durch den Tunnel und verschwanden in einem Blitzgewitter. Paul atmete erleichtert auf, als auch die letzte Klasse den Schulhof verlassen hatte. Das Unwetter war immer schlimmer geworden, es war als würde sich die Natur einen Kampf mit dem Hegaton und dem Mädchen dort oben bieten. Das mächtige Wesen zuckte unter den gewaltigen Blitzen zusammen, er schwankte in der Luft, kippte zur Seite. „Amanda" William schrie auf, als das Mädchen rutschte und fast heruntergefallen wäre. Nur mit Mühe konnte sie sich im Fell des Tieres festhalten, der Hegaton kam nun wieder langsam zur Erde und landete unsanft. Keuchend lag er auf dem Boden, seine Flügel waren versengt. Amanda stieg ab. Sie kam zum Kopf des Tieres und legte ihre Hand auf dessen Schnauze. „Hab Dank für deine Hilfe, Prewolf. Wir verdanken dir unser Leben" Sie beugte sich zum riesigen Tier und küsste es sanft auf die geschlossenen Augen. Sie hob ihre Hand und wies in den Himmel. „"Globus, Arguments Ego" rief sie. Nichts geschah. Ohne auf das wütende Fauchen des Hegaton zu achten, kam William zu ihr und legte seine Hände auf ihre Schultern, er nickte Amanda ermutigend zu. Sie wiederholte ihre Worte, endlich schien sich das Unwetter zu beruhigen, die Blitze ließen nach und der Himmel klarte auf. Erleichtert wollte William Amanda umarmen, als der Hegaton sich schwerfällig erhob. Er zog seine Flügel ein und stellte sich auf seine Krallen. Finster sah er zu William herunter, der vorsichtig einige Schritte zurückwich. Sein Summen klang wie der Gesang der Wale, als er sich an Amanda wandte. Sie nickte ernst. „Sie können in seiner Nähe bleiben, Mister Spencer. Prewolf hat es erlaubt." Amanda hielt William die Hand entgegen, zögernd nahm er sie und kam langsam näher. „Prewolf sagt, dies sei eine letzte Warnung gewesen. Die Natur ist aus dem Gleichgewicht. Nur sein Zauber erhält die Urhexe am Leben. Sie ist müde und will ihr Erbe weitergeben. Es muss endlich etwas geschehen." Sagte Amanda dunkel. Wieder begann der Hegaton zu summen. Plötzlich stockte Amanda, sie wandte sich zu William herum und starrte den großen Mann ungläubig an. „Das kann doch nicht sein. Bist du sicher, Prewolf?" fragte Amanda ungläubig. Sie sah vom nickenden Hegaton zu ihrem Lehrer, der seine Hand auf ihre Schulter legte und sich vor dem mächtigen Tier verneigte. „Nimm meinen Dank an, Prewolf. Ich weiß um die Not der Urhexe. Ich werde es beenden." William verneigte sich erneut. Der Hegaton beugte sich herunter, um ihm ins Gesicht sehen zu können. „Ich verlasse mich auf euch, Wächter. Sohn des Sohns unserer Herrin." Sagte das mächtige Wesen plötzlich. Mit einem mächtigen Flügelschlag erhob er sich vom Boden und flog ein letztes Mal über den Schulhof.

Amanda sah dem mächtigen Tier lange nach, sie wandte sich um, sie stand mit William alleine auf dem Hof, die anderen Mädchen waren von Paul zurück ins Schulgebäude geführt worden. Jetzt zerrte dieser Titania zurück, die das Gebäude wieder verlassen wollte. „Sie bleiben hier! Das was da draußen vor sich geht, hat sie nicht zu interessieren!" schnauzte Paul. Er hob energisch seine Stimme, mit einem lauten Knall flog die Tür zu. Amanda konnte Titanias Wutgeschrei bis zu sich hin hören. Schief grinsend wandte sie sich an William und verneigte sich tief vor ihm. „Ich hätte es wissen müssen, weißer Meister. Wer außer der Urwächter, sollte die neue Urhexe erwählen?" Sie verbeugte sich erneut und ihr Grinsen verstärkte sich. „Ich war ziemlich blind. Da musste mich Prewolf erst mit der Nase auf das Offensichtliche stoßen." sagte sie brüchig. Immer noch schwieg William. Zu erleichtert, um Antworten zu können. Amanda spürte es. Sie drückte ihr Kreuz durch. „Ihr seid der Enkelsohn der Urhexe. Ich beneide euch nicht um eure Aufgabe. Ihr müsst die neue Urhexe erwählen, sie schützen und sie lehren. Euer gesamtes Leben wird sich nur noch um sie drehen." Sagte sie ernst. Voller Mitgefühl griff sie seine Hand.

Amanda erstarrte, als William sich nun vor ihr verneigte und ihre Hand nahm, liebevoll setzte er einen Kuss darauf. „Es wird mir eine Ehre sein, Gebieterin" sagte er ernst. „Es wird mir eine Ehre sein, euch zu dienen." Er hielt ihre Hand fest, als sie sich losreißen wollte. Heftig mit dem Kopf schüttelnd wehrte sie sich, als William sie zu sich zog. Lächelnd nahm er ihren Kopf in beide Hände. „Hör auf ihn zu schütteln. Wie soll ich dich denn küssen, wenn ich deinen Mund nicht treffen kann." Sagte William. Er legte seinen Mund auf ihren und küsste sie sehnsüchtig. „Das wollte ich schon machen, seit ich dich das erste Mal sah." Sagte er heiser. „Wenn ein Wächter seine Hexe trifft, weiß er, dass sie sein Schicksal ist."Wieder legte er seinen Mund auf ihren, er spürte, wie Amanda erzitterte, spürte, wie unerfahren sie war. Liebevoll koste seine Zunge ihre Lippen.

Amanda erwiderte den Kuss, sie schlang ihre Arme um ihn, seufzte auf, als er sich nur widerwillig von ihr löste. „Auch ich habe es gespürt, habe mich von Anfang an zu ihnen hingezogen gefühlt, Mister Spencer. Aber Ich will nicht die Urhexe sein, suchen sie sich eine andere aus. Ich bin bestimmt die Verkehrte." Flüsterte sie. Wieder küsste er sie lange, er schüttete entschieden seinen Kopf, als sie sich von ihm losmachen wollte. Amanda zitterte und kämpfte mir den Tränen. „Ich will Heim, in meinen Wald, zu meinen Freunden. Die Kobolde, die Elfen und Feen warten." Sagte sie brüchig. Liebevoll nahm William sie in die Arme. Er musste ihr Mut machen, dachte er. „Wir werden zu meiner Großmutter reisen, sie soll dich kennenlernen. Ich bin gespannt, was sie von dir hält." Sagte er leise. William hob seine Hand und ein Zauberstab erschien. Er schob seinen Pullover hoch und zum ersten Mal konnte Amanda seine merkwürdige Uhr richtig sehen, eine kleine Blume, die tiefrot erblühte, strahlte und langsam verblasste. Grimmig sah er darauf. „Wir verlieren wertvolle Zeit, wenn wir noch länger hier stehen und uns streiten. Ich bin mir sicher, die richtige Entscheidung getroffen zu haben, und du wirst es auch sein, dafür werde ich sorgen." Entschlossen nahm er Amandas Hand und zog sie hinter sich her. Wissend, dass das Mädchen sich wehren würde. „Ich werde immer an deiner Seite sein, Amanda. Du kannst dich auf mich verlassen. Habe Vertrauen. Du mir und zu dir." Sagte er fest entschlossen.

6.Kapitel

Amanda atmete tief durch, jetzt war William schon zehn Minuten in dem kleinen Zimmer verschwunden, sie saß nervös vor der Tür und überlegte zum Hundertsten Mal davonzulaufen.

Sie wollte nicht hier sein. Sie wollte die Urhexe nicht beerben. Doch keines ihrer Worte hatte William überzeugen können. Ein heftiger Streit war zwischen ihnen entbrannt als Amanda sich geweigert hatte, ihn zu begleiten. Ohne auf ihren Widerstand zu achten, hatte er sie zur Urhexe gebracht. Hatte sie in ihr Zimmer begleitet und ungeduldig gewartet, bis sie einige Sachen zusammengepackt hatte. Viele hundert Kilometer lagen nun zwischen ihr und der Schule. William hatte kurz auf seine Uhr geklopft, sie in wenigen Minuten hierher gebracht und ihr grimmig befohlen, hier zu warten. Jetzt saß sie seit zehn Minuten hier und zitterte. Was, wenn die Urhexe sie nicht mochte? Sie auslachte und ihre Kräfte als minderwertig abtat? William hätte wirklich Titania auswählen sollen. Sie, Amanda war ganz bestimmt die Falsche.

Amanda erhob sich entschlossen. Sie würde gehen, sie hatte hier nichts verloren, es war besser, wenn sie verschwand, bevor es zu spät sein würde. Über dem Haus bebte und donnerte es gewaltig. Ein neues Unwetter bahnte sich an. Eins, dsas das vorherige in den Schatten stellen würde. Amanda zuckte zusammen. „Feigling" Elenora erschien aus dem Nichts und sprang ihr auf die Schulter. „Hast du es immer noch nicht verstanden? Wenn du jetzt wegläufst, ist die Welt verloren." Sagte das Eichhörnchen böse.

„Wo kommst du denn her! Habe ich dich nicht bei Lilli gelassen?" fragte Amanda verwirrt. Sie staunte, als das kleine Tier jetzt leise auflachte. „Schau mal aus dem Fenster, Freundin." Befahl Elenora liebevoll. Amanda tat ihr den Gefallen und erstarrte. Draußen, auf dem großen Innenhof des alten Schlosses, standen tausende von Fabelwesen, schweigend, still verharrten sie. Sie alle schienen zu warten. „Prewolf war so nett, mich mitzunehmen. Er wartet ebenso auf die Entscheidung der Urhexe, wie alle anderen Wesen. Die Welt hält den Atem an. Jetzt liegt alles an dir, Amanda Tolpin", mahnte Elenora streng.

Endlich öffnete sich die Tür und William erschien wieder. Seine Augen sahen Amanda traurig und müde an. Sie spürte, wie ihm der Zustand seiner Großmutter zu schaffen machte. Liebevoll hob sie ihre Hand und strich über seine Augenbrauen. Egal wie böse sie auf den großen Mann war, sein Schmerz ließ sie nicht unberührt. William nahm ihre Hand und küsste sanft jeden Finger. Dann zog er sie zu sich und küsste sie lange. „Es geht zu Ende mit Großmutter. Sie möchte dich sehen" sagte er leise. Amanda nickte, er spürte, wie sie zitterte, als er sie sanft in das kleine Zimmer schob.

aaaaaaaaaaaaaaaaaaaaaaaaa

„Komm rein, Amanda. Ich warte schon eine Zeit auf dich." Eine schmale Frauengestalt lag müde in einem riesigen Bett und hob schwer ihren Arm. Langsam näherte Amanda sich dem Bett. „Hören sie, Majestät. Bevor sie es sagen, ich weiß, dass ich die Verkehrte bin. Ich habe es William auch schon mindestens hundertmal gesagt, aber er will es nicht einsehen." Amanda kniete sich am Bett nieder und ergriff die kleine Hand der alten Frau.

„Eine bescheidene Urhexe. Mal was Neues. Ich war damals so stolz, mir so sicher, dass es keine bessere als mich geben könne. Lass dich ansehen. William hat so dermaßen von dir geschwärmt, dass ich dich unbedingt sehen wollte. Ich muss meinem Wächter doch von dir erzählen können, wenn ich ihn bald wiedersehe." Ein Hustenanfall hinderte die Frau am weiterreden. „Weißt du, ich habe auf euch alle elf ein Auge, seid ihr geboren worden seid. Ich weiß über euch alle bestens Bescheid. Meine Favoritin war allerdings Titania, das muss ich zu meiner Schande zugeben. Aber

William hat es entschieden und ich beuge mich seiner Entscheidung." Wieder hustete die Frau. „Du hast einen sehr mächtigen Freund, sagt mein Enkel. Prewolf wird ein starker Verbündeter sein, du wirst ihn brauchen, denn nicht alle Wesen werden dich sofort akzeptieren." Sagte die Frau schwach.

„Ich habe Angst, Majestät. Ich habe mir mein Leben ganz anders vorgestellt. Ich will keine Herrscherin sein. Jede Auseinandersetzung macht mich nervös, ich hasse Streit." gestand Amanda und wischte sich die Tränen aus dem Gesicht. Das ließ die alte Urhexe lächeln. „Liebst du meinen Enkelsohn?" fragte sie leise. Die alte Frau sah Amanda streng an, sie wartete auf eine Antwort. Endlich nickte sie. „Mehr als mein Leben, Majestät. Ich sah ihn und es war um mich geschehen. Vom ersten Augenblick wusste ich, William würde mein Schicksal sein." sagte Amanda. Sie hob verwundert ihren Kopf als die alte Frau zu lachen begann. „Fast dasselbe hat William auch zu mir gesagt. Ihr beiden, du mit deiner sanften Art, William mit seiner Kraft, ihr werdet eine neue Ära einleiten, es werden hoffentlich ruhigere Zeiten sein, als ich sie erlebt habe. Zwei Kriege und unzählige feindliche Auseinandersetzungen musste ich beenden. Es hat mich meine Kraft gekostet. Letztes Jahr verstarb mein Wächter, mein über alles geliebter Mann, Williams Großvater. Seitdem verlässt mich meine letzte Kraft. Ich bin froh, dich noch kennengelernt zu haben." Müde ließ sich die Frau in ihr Bett zurückfallen. Dann hörte Amanda sie leise auflachen. „Meine Kraft wird gewaltig sein, wenn du sie erbst. Aber das ist ein Geheimnis, welches du und William lösen müsst. Es musste eine jede neue Urhexe alleine herausfinden. Aber eins lass dir gesagt sein, wenn sie es gelöst hatten, waren sie die mächtigsten Frauen innerhalb der magischen Welt." Leise flache Atemzüge ließen Amanda spüren, die Urhexe war eingeschlafen. Ein Lächeln umspielte deren Mund, sie schien zu träumen.

Leise erhob Amanda sich und ging in den Flur zurück, wo William auf sie wartete. Schweigend führte er sie in den Thronsaal und zeigte ihr den großen Balkon. „Du wirst erwartet, Majestät" sagte er leise. Ohne auf ihr Zögern zu achten, nahm er ihre Hand und zog sie auf den Balkon. Eine noch größere Menge an Wesen stand dort unter ihnen und sah gespannt nach oben.

„Die Urhexe hat sie anerkannt. Unsere neue Herrscherin wird Amanda Tolpin heißen!" William hob Amandas Hand in die Höhe als Jubel aufschwoll. Die Wesen klatschten und riefen laut durcheinander. Sie verstummten urplötzlich als drei mächtige Schatten den Himmel verdunkelten. Die Wesen stoben auseinander, die riesigen Kreaturen landeten im Innenhof und wandten sich zum Balkon. Amanda erkannte Prewolf, der nun ehrfürchtig seinen mächtigen Kopf senkte. „Majestät, es wird mir eine Ehre sein, euch zu dienen." sagte er. Der Hegaton zupfte sich eine Feder aus und überreichte sie Amanda. „Ein Zeichen meiner ewigen Treue" sagte er laut. Grimmig ging sein Blick über die übrigen Wesen. Jetzt rat ein riesiger Hippogreif vor. Er verbeugte sich ebenfalls und überreichte Amanda eine Feder. Auch er gelobte ihr ewige Treue. Sein Blick ging zum zweiköpfigen Schargon, der unwillig seine Köpfe schüttelte. „Verzeiht, aber ich bin mit der Wahl nicht einverstanden! Die Urhexen waren von je her starke, selbstbewusste, mächtige Frauen. Sie wussten, was sie taten, sie konnten die Macht die sie erbten einsetzen, bei diesem schwächlichen Mädchen bezweifel ich es. Sie besitzt nicht einmal richtige Zauberkraft. Sie ist nur zur Hälfte eine Hexe!" schrie der Schargon wütend. Er erhob sich mit einem brüllenden Schnauben in die Luft und verschwand. Stille herrschte im Innenhof, die Wesen schwiegen betroffen.

„Geht Nachhause, Es wird sich alles klären!" rief Prewolf. Er wandte sich um und schickte die Wesen fort. Langsam leerte sich der Hof. Prewolf kam näher zum Balkon und schnaubte wütend.

„Der Schargon ist ein Idiot. Leider hat er viele Untertanen, die Berggeister, die Chimären und alle anderen dunklen Wesen, werden sich ihm anschließen. Sie warten nur auf solch eine Situation. Wenn wir mächtigen drei uns nicht einig sind, kann nur die Urhexe die Welt retten." Prewolf sah zum Hippogreif herüber. „Legt euch etwas schlafen, Majestät. Wir beide werden dem Schargon folgen und versuchen, mit ihm zu reden." Prewolf nickte dem Hippogreif zu, beide erhoben sich mit gewaltigem Flügelschlag. Betroffen sah Amanda ihnen hinterher.

„Lass uns reingehen, Liebes. Prewolf hat recht, wir müssen abwarten. Du solltest dich etwas ausruhen. Es war ein anstrengender Tag." Er zuckte zusammen, als draußen ein Unwetter losbrach, es regnete, Windböen peitschten über den Innenhof. Ein Blitz durchbrach den plötzlich dunkelgewordenen Himmel. William führte Amanda in ein kleines Zimmer. „Mein ehemaliges Jugendzimmer. Hier habe ich immer gewohnt, wenn ich Großmutter besucht habe."

Sagte William und versuchte der weinenden Amanda ein Lächeln zu entlocken. „Du musst dich etwas ausruhen. Lege dich schlafen. Morgen sieht alles besser aus. Das verspreche ich dir, Liebes." Versprach William und küsste Amands kalte Lippen. Sie zitterte, die Aufregung forderte ihren Tribut.

„Ich sagte dir von Anfang an, ich bin die Verkehrte, William. Du hättest dich für Titania entscheiden sollen. Sie ist so stark, wie ich schwach bin." Sagte sie endlich. Ohne Widerstand ließ sie sich von William aus den Kleid helfen und ließ zu, dass er sie ins Bett legte. „Wenn ich sie erwählt hätte, hätte wahrscheinlich Prewolf rebelliert. Dein Freund gibt meiner Entscheidung recht. Nur das zählt. Es ist gut so, glaube mir, es wird sich alles klären." Sagte er milde. Endlich beruhigte sich Amanda etwas. Ein gewaltiger Donner ließ das Schloss beben. Amanda griff nach Williams Hand, als dieser sich zur Tür begeben wollte. Die Worte der Urhexe gingen ihr durch den Kopf. „Alle Urhexen waren starke Frauen" hatte die alte Dame gesagt. Die Worte waren ihr wichtig gewesen. Amanda hatte ihre Entscheidung getroffen. Sie atmete tief ein. „Bleib bei mir heute Nacht, William. Bitte geh nicht fort" sagte sie leise. Ihre dunkelgrünen Augen sahen ihn ernst an, er nickte und ein Lächeln erschien auf seinen Lippen. „Bist du dir sicher?" fragte er stockend, nachdenklich. Amandas liebevoller Blick ließ ihn zögern. Sie nickte ihm lächelnd zu. „So sicher wie nie. Ich muss dich heute Nacht bei mir spüren. Lass mich nicht allein. Bitte, ich brauche dich bei mir." Antwortete sie leise. Sanft hob William ihren Kopf und küsste sie hingebungsvoll. Er ließ Amanda kurz los und verschloss die Zimmertür. „Das letzte was wir heute Nacht gebrauchen können, ist ein neugieriges Eichhörnchen." Sagte er grimmig und zum ersten Mal am heutigen Tag konnte er Amanda leise lachen hören.

7.Kapitel

William stand traurig am Bett seiner Großmutter und hielt die weinende Amanda fest in seinem Arm. Liebevoll strich seine Hand über die kalte Wange der alten Frau. Sie sah aus, als würde sie schlafen, doch er wusste es besser.

„Sie ist heute Nacht ganz friedlich, lächelnd eingeschlafen, Hoheit. Sie sagte, ich dürfe sie beide nicht wecken. Ihr Schicksal habe sich erfüllt, sie könne nun in Ruhe gehen." Ein Diener wischte sich eine Träne aus dem Gesicht und verbeugte sich vor Amanda. „Sie lässt ihnen ausrichten, Majestät, es habe sich alles erfüllt, und sie seien genau die richtige Wahl." Der Diener verließ das Zimmer und William legte seine Hände auf Amandas Schulter. „Du hast die letzten Worte, Liebes, schicke Großmutter zu ihrem Wächter." Sagte William voller Trauer. Unsicher sah Amanda ihn an, nicht wissend, was William wünschte. William lächelte verstehend, er beugte sich zu ihr herunter und küsste sie sanft auf die Wange. „Du kannst es, vertraue mir. Du bist stark, ich weiß es." Sagte er bestärkend.

Amanda schluckte, sie hob ihre Hände und hielt sie über das Bett. „Korpus Aerobe minus" flüsterte sie ergriffen. William schluckte schwer. „Mach es gut Großmutter, habe Dank für die wundervollen Jahre." Sagte er leise, er sah wie sich der Körper seiner Großmutter auflöste, verschwand. Ein warmer Lufthauch umwehte ihn und Amanda. Kein Lebewesen war zu hören, es war als würde die Welt stillstehen und eine Minute schweigen.

„Es ist gut so. Jetzt wird sie Großvater und meine Eltern wiedersehen. Sie wird ihnen von meiner wunderbaren Urhexe berichten. Da bin ich mir sicher." flüsterte William. Er strich der weinenden Amanda durchs lange Haar und führte sie zurück in den Thronsaal. Eine Menge Wesen hatten sich dort versammelt, warteten auf Amanda. Sie verbeugten sich tief, als William sie durch den Saal zum Thron führte. Nervös suchte sie Williams Hand. „Ich werde an deiner Seite bleiben, versprochen." Flüsterte er liebevoll.

Die nächsten Stunden verbrachte Amanda damit, allerhand Glückwünsche und Bitten entgegenzunehmen. Geduldig blieb William an ihrer Seite. Endlich riss der Strom an Wesen ab, der Saal leerte sich. Amanda atmete tief auf, als die letzte Elfe den Saal verließ. „Wird es so nun jeden Tag so zugehen, William?" fragte sie und griff nach seiner Hand. „Zum Glück nicht, Liebes. Aber es war wichtig, die magischen Wesen müssen wissen, wer sie ab sofort regiert. Je mehr dir ihre Treue schwören umso einfacher wird es mit dem Schargon werden." Erklärte William ernst. Seine Befürchtungen darüber behielt er jedoch für sich. Amanda musste nicht erfahren, was für besorgniserregende Neuigkeiten im Palast ankamen. Wie sehr sich das Böse zusammenrottete und immer stärker wurde.

Aaaaaaaaaaaaaaaaaaaaaaaaaaaaaa

Ein lautes Summen weckte Amanda. Verwirrt sah sie sich um, sie lag fest in Williams Armen geschmiegt und hatte tief geschlafen. William gab ihr Kraft und Schutz. Das Summen wurde lauter, Amanda wusste, Prewolf war wiedergekommen. Er brachte ihr Nachrichten vom Geschehen, das weit fort, in der Nähe des Schargons vor sich ging. Amanda musste Prewolf sehen und sprechen. Es war wichtig, denn sonst würde er sie nicht wecken. Amanda seufzte still.

Sie löste sich vorsichtig von William und küsste ihn lächelnd auf die Stirn. Wie sehr sie ihren Wächter liebte. William war ihr Mann. Seit ihrer ersten Nacht verband sie ein magisches Band, das nur der Tod trennen konnte. Und mit jedem Tag wurde dieses Band stärker. Jetzt verstand Amanda das Rätsel von dem Williams Großmutter gesprochen hatte. Sie zog sich leise an und folgte dem immer lauter werdenden Summen bis in den Innenhof.

„Hallo Prewolf" begrüßte Amanda ihren langjährigen Freund, der nun seinen Kopf tief senkte. Liebevoll strich sie ihn durch sein weiches Fell. „Was bringst du mir für Nachrichten?" fragte Sie dann ernst. Der Hegaton sah auf die kleine Frau hinunter und versuchte ein Lächeln, es sah grimmig aus. „Erst einmal gratuliere ich euch Majestät. Ihr habt euch einen guten Mann erwählt. William ist nicht nur ein starker Wächter, er liebt euch mit ganzem Herzen, wir magischen Wesen spüren so etwas." Sagte das mächtige Tier leise.

„Ich weiß, Prewolf. Ich liebe ihn ebenfalls unwahrscheinlich. Er gibt mir die Kraft, nicht alles liegen zu lassen und davonzulaufen. Du weißt, was für ein Feigling ich eigentlich bin." Sagte Amanda. Sie lächelte verträumt. Schlagartig wurde sie ernst, ihr fiel ein, weshalb der Hegaton wiedergekommen war. „Was für Nachrichten hast du, Freund?" fragte Amanda besorgt. Sie sah, wie das mächtige Wesen seinen Kopf senkte und seufzte. „Keine Guten, Majestät. Der Schargon ist stur, er ist ein dunkles Wesen und sehr mächtig. Er hat sich diese Titania als Urhexe gewünscht. Er erhoffte sich mit ihr an der Macht, die dunkle Seite zu beherrschen. Er glaubt nicht, dass ihr dazu stark genug seid, die dunklen Wesen in den Schranken zu halten." Erklärte Prewolf. Wieder seufzte das Wesen auf. „Es wird ein Krieg ausbrechen, der Schargon hat sich bereits mit Titania in Verbindung gesetzt. In diesem Moment verhandelt er mit ihr. Er glaubt, wenn du stirbst wird sie dich beerben können. Viele andere dunkle Wesen sind seiner Meinung. Sie werden versuchen, noch andere magische Wesen von ihrem Plan zu überzeugen." Prewolf sah Amanda streng an. „Titania ist begeistert und wartet nur auf ihre Ernennung. Sie glaubt, dass dann der Weg zu William frei ist." Sagte er warnend.

Amand fasste einen Entschluss. „Bringe mich zum Schargon" sagte sie mutig. Amanda hob ihren Kopf und warf ihre langen Haare in den Nacken. „Ich will mit ihm reden." Sie schwang sich auf Prewolfs Rücken und krallte sich in sein Fell. „Was ist mit eurem Mann, Majestät. Er ist euer Wächter." fragte Prewolf und zögerte, auf keinen Fall wollte er sich Williams Unwillen zuziehen, er kannte dessen Zauberkraft zur Genüge. Nicht umsonst wich er ihm möglichst immer aus. Fast musste er lachen, als er Amandas Antwort hörte. „Ich werde ihn hierlassen. Auf keinen Fall werde ich das Liebste was ich habe, in Gefahr bringen." Ihre Vision war ihr wieder eingefallen. Sie würde William nicht in die Nähe von Chimären lassen. „Ich sehe, Majestät, ihr kennt euren Mann noch nicht besonders gut." Sagte Prewolf hustend. Mit einem mächtigen Flügelschlag erhob sich der Hegaton und trug Amanda über das Land.

aaaaaaaaaaaaaaaaaaaaaaaaaaaaaaaaa

„Ach, strengt das Wächterspielen so sehr an, dass ihr euren wichtigsten Termin verschlaft? Oder war es das Liebesspiel, was euch heute Nacht den Schlaf geraubt hat?" fragte Elenora und hüpfte hektisch auf Williams Kopfkissen herum. Das Eichhörnchen klopfte jetzt energisch an Williams Stirn. „Aufwachen, Schlafmütze. Du bist mir vielleicht ein Wächter. Dein Schützling verschwindet und du schläft hier wie ein Baby." Elenora hüpfte beiseite, als Williams Kopf hochschoss und er sich verwirrt umsah. „Amanda?" William rief ohne eine Antwort zu erhalten. Wieder rief er laut nach ihr, ohne Erfolg.

„ Du verschwendest deinen Atem. Sie ist nicht da, Holzkopf. Deine Urhexe hat ihre Aufgabe erkannt. Sie ist im Moment auf den Weg um mit dem Schargon zu reden. Prewolf musste sie auf ihrem Befehl hinbringen." Das Eichhörnchen sprang hektisch auf einen Tisch, William war mit einem Satz aus dem Bett und griff nach seiner Hose. „Der Hegaton kann etwas erleben. Er wird sein restliches Leben als Unke zubringen!" Er fluchte laut und unanständig. Prewolf wusste besser als jedes andere Wesen, dass Amanda noch nicht so weit war, sich den dunklen Kreaturen zu stellen. Noch hatte sie nicht die volle Kraft der Urhexe im Griff.

„Prewolf hat sich geweigert, Hoheit. Er wollte es nicht, aber er ist gezwungen, dem Befehl der Urhexe zu befolgen." Sagte Elenora schnell. Sie wählte ihre Worte bewusst, in ihren kleinen Augen leuchtete etwas Angst auf, als sie das wütende Gesicht des großen Mannes sah. Prewolf hatte ihr von den enormen Zauberkräften des Mannes berichtet, doch sie hatte es nicht glauben wollen. Zauberer waren nicht so stark wie Hexen, das war allgemein bekannt. „Ach auf einmal so ehrfürchtige Worte, kleines Eichhörnchen? Wo ist deine Frechheit geblieben!" William war wütend, wütend wie noch nie in seinem Leben. Er mochte sich nicht ausdenken, was er tun würde, wenn Amanda irgendetwas passieren würde. „Wenn ich sie finde, werde ich sie übers Knie legen, ich werde ihr den Hintern versohlen! Ich glaube, das haben ihre Eltern versäumt. Sie hat immer noch nicht begriffen was es heißt einen Wächter zu haben!" William schrie außer sich vor Wut, er griff das kleine Eichhörnchen und starrte Elenora ins Gesicht. „Eine Antwort, gib mir einfach eine Antwort, Tier. Wo ist Amanda!" schnauzte er wütend wie nie im Leben.

„Langusten-Küste" flüsterte Elenora ängstlich, würde Willam jetzt zudrücken, wäre es um sie geschehen. Erleichtert wollte sie aufatmen, als er sie nahm und in seine Jackentasche steckte. „Du wirst mich begleiten, kleine Lady, warum sollst du den ganzen Spaß verpassen." Grimmig zog er seinen Zauberstab und schob seinen Ärmel zurück, seine Uhr leuchtete blutrot auf. Wütend grunzte er auf. „Globus Memo Amanda-Langusten-Küste!" sagte er laut, er klopfte auf seine Uhr und löste sich auf.

8.Kapitel

Amanda hob ihre Hand und versuchte in der großen Menge der magischen Wesen, für Ruhe zu sorgen. Jetzt erhob sich der Schargon und kam langsam zu ihr herüber, sein Blick ging zu Prewolf, der sich schützend hinter Amanda gestellt hatte. „Sie kommt in Frieden, Tarmir! Sie kommt aus freien Stücken um mit dir zu reden." Prewolf schnaubte warnend auf, der Schargon blieb jetzt im Kreis stehen und sah geringschätzig auf Amanda herab. „Was hat mir die Tochter einer Waldnymphe schon zu sagen." Er hob seine Flügel, als die übrigen Wesen zu lachen begannen. „Willst du mich mit Blumen zur Aufgabe zwingen? Wir brauchen eine starke Urhexe. Eine die uns dirigieren kann. Deine Sanftmut ist fehl am Platz. Der Wächter hat sich geirrt. Er ist ein Dummkopf, ohne Gehirn. Hat sich von einem hübschen Gesicht ablenken lassen." Wieder wurde Jubel laut. Der Schargon hob seinen Kopf und sah stolz in die Runde. „Wir haben unsere Urhexe erwählt. Sie ist bereit und wartet auf ihre Aufgabe." Sagte das große Tier laut. Lauter Jubel begleitete seine Worte.

Amanda näherte sich fruchtlos dem mächtigen Tier. Dann erhob sie ihre Stimme. „Ihr alle seid mächtige Wesen, die bislang immer mit Stärke und Gewalt in Zaum gehalten wurden. Niemand hat sich bislang für eure Bedürfnisse interessiert. Wird es nicht Zeit, eine Zeit der Sanftmut, der Vernunft und des Vertrauens anbrechen zu lassen? Ich habe die Gabe, mit euch reden zu können, mir eure Sorgen und Probleme anzuhören. Es ist eine Chance für uns alle" Amanda kam weiter in den Kreis und versuchte ein Lächeln. „Muss es denn immer nur Krieg und Streit sein, der unser Verhältnis beherrscht? Du bist ein mächtiges Wesen, Schargon Tarmir! Warum solltet ihr euch nicht einen Menschen suchen, der eure Meinung bei den Hexen vertreten kann, ohne dass es zu Streitigkeiten kommen muss. Wenn man sich die Vergangenheit betrachtet, gab es doch nur immer Auseinandersetzungen, die zu oft zu eurem Nachteil ausgingen." Sagte sie energisch und mutig.

Der Schargon lachte gehässig auf. Er schüttelte einen seiner mächtigen Köpfe. „Wir sind mächtige, dunkle Kreaturen, Mädchen. Wir nehmen uns, was wir wollen, wir haben solche Dinge wie Sanftmut, Verhandeln oder Vertrauen nie nötig gehabt. Wir benötigen eine harte Hand, wenn die Welt nicht aus den Fugen geraten soll. Deine kleine Hand ist dafür zu schwach! Die neue Urhexe wird ihre Aufgabe besser meistern, wenn ich dich getötet habe, wird sie deinen Platz einnehmen. Dein Wächter wird sich ihr beugen, er wird sich auf seine Aufgabe besinnen!" knurrte Tamir. Jetzt kam er näher und hob drohend seine Krallen.

Prewolf erhob sich, schob Amanda hinter sich. „Zuerst musst du mich töten, bevor du an sie herankommst, Tarmir. Ich schwor ihr meine Treue bis zum Tod!" Auch Prewolf knurrte jetzt drohend. „Ich werde meinen Schwur halten." Sagte er ernst. Wieder lachte der Schargon auf. „Das wird mir keine Mühe bereiten, Prewolf. Du bist schwach geworden, deine Zuneigung zu dem Mädchen macht dich verwundbar. Was ist aus dem mächtigen Hegaton geworden! Ein Schoßhund!" Der Schargon erhob sich in die Luft und sah geringschätzig auf Amanda und Prewolf herab. Bereit, beide zu vernichten.

Plötzlich schlug ein heller Blitz auf dem Platz ein. „Und auch ich werde mich nur einer Macht beugen. Der meiner Herrin, der einzigen Urhexe! Prewolf kannst du vielleicht besiegen, doch mich bezwingt niemand!" rief William brüllend. Aus dem Nichts erschien William im Kreis, er hielt seinen Zauberstab gezückt und kam zu Amanda herüber. Überrascht sah sie ihn an. „Wie kommst du so schnell hierher?" fragte sie überrascht. William schwieg einen Moment. Er grunzte leise und zog sie an sich. „Zum Glück komme ich noch rechtzeitig. Wir unterhalten uns, wenn das alles vorbei ist, Mädchen." Sagte er wütend. Grimmig nickte er Prewolf zu. Das Tier verstand. William würde seine Herrin beschützen.

Prewolf erhob sich nun ebenfalls in die Luft. „Passt auf sie auf, Hoheit" sagte er besorgt. Dann stand er in der Luft dem Schargon gegenüber. „Du willst keine Vernunft walten lassen, Tarmir. Bei dir zählt nur Gewalt und Brutalität. Es ist eine neue Zeit angebrochen, eine Zeit der Ruhe und Besinnlichkeit." Mahnte Prewolf ein letztes Mal. Der Schargon knurrte leise. Ohne zu antworten, flog der Schargon auf Prewolf zu und verbiss sich in dessen Hals. Prewolf schrie laut auf. Seine scharfen Krallen rissen Wunden in das Fell des Schargons. Zwei der mächtigen Drei kämpften miteinander, die Natur reagierte und sandte gewaltige Regenschauer. Hagelkörner flogen durch die Luft. Schützend hielt William seinen Umhang über Amanda.

„Macht doch etwas! Ergreift den Wächter, ihr müsst ihn von dem Mädchen trennen!" schrie der Schargon über den Platz. „Das Mädchen ist schwach! Holt euch den Wächter! Ohne ihn ist sie wehrlos!" schrie Tamir. Wieder verbiss er sich in Prewolf. Beide Wesen erhoben sich höher in die Luft, ihre Schreie waren weit übers Meer zu hören. Es klang furchteinflößend.

Zwei Chimären erhoben sich, sie rissen den überraschten Willam lachend in die Luft. Sein Zauberstab fiel ihm aus der Hand. „Amanda, bring dich in Sicherheit" schrie er, sein Blick ging zum Zauberstab. Gut drei Meter unter ihm, unerreichbar für ihn, lag er auf dem Boden. Das würde er nicht überleben, dachte William schwer. Niemand konnte ihn jetzt helfen. Elenora sah kurz aus seiner Jackentasche, sie verstand die gefährliche Situation. „Wartet, weißer Meister." Rief sie und sprang behände an William herunter, griff den Zauberstab und ehe die Chimären es verhindern konnten, lag er wieder in Williams Hand. „Chimäre Expo Omega" schrie William, die Chimären schrien schmerzerfüllt auf, als Blitze sie trafen, sie ließen William los. Hart landete er auf dem Boden. Angsterfüllt lief Amanda zu ihm. „Es geht mir gut" sagte er leise. Wieder ließ er Blitze fliegen, als die Chimären ihn erneut ergreifen wollten. Brennend fielen sie zu Boden.

Aus dem Meer und dem Wald brachen jetzt weitere Wesen hervor, bewaffnet, bereit zu kämpfen. Amanda stand inmitten des Platzes, sah wie Prewolf dort oben um sein Leben kämpfte, sah die Nixen, Elfen, Berggeister, Hippogreife. Sie alle standen hier, um für oder gegen sie zu kämpfen. Sie alle waren bereit ihr Leben für ihre Überzeugung zu lassen. Ihr Blick ging zu William, der immer noch benommen am Boden lag und sich gegen die Chimären verteidigte. Und alles nur, weil William seinem

Herzen gefolgt war und von ihrer, Amandas Kraft, überzeugt war. Sie war das Problem und auch die Lösung, dachte Amanda.

Plötzlich durchströmte sie eine nie geahnte Kraft. Amanda spürte eine ungewohnte Macht in sich. Es wurde Zeit, ihnen allen zu beweisen, dass William richtig gehandelt hatte, sich nicht geirrt hatte, als er sie erwählt hatte. Sie war die einzig wahre Urhexe.

„Aus wahrer Liebe erwächst eine grenzenlose Macht. Sie vereint zwei Herzen, macht sie zu einem und entfesselt wahre Fügung" schrie Amanda gegen den Wind. Sie hob ihre Hände. Blitze stoben über den Himmel, das Meer warf riesige Wellen ans Ufer. Plötzlich wurde es dunkel und ein Mond wurde sichtbar. Das satte Licht des Artegio- Mondes umhüllte Amanda, sie erhob sich in die Luft. Mit weit ausgebreiteten Armen flog sie gegen Himmel. Stille herrschte plötzlich auf dem Platz, Prewolf landete schweratmend auf dem Boden und kam zu William herüber. Der

Schargon verharrte wie erstarrt in der Luft. Jetzt hatte Amanda das riesige Wesen erreicht. Sie starrte das mächtige Tier an und erhob ihre Stimme. „Hier und heute wird niemand Sterben! Kein Lebewesen wird einem anderen Schaden zufügen! Und auch du, Tarmir wirst dich fügen!" Ihre Stimme donnerte über den Himmel, wurde von Blitzen und Donnern begleitet. Ihr Blick hielt den des Schargons gefangen, stur sah sie das mächtige Wesen in die Augen, endlich neigte der Schargon seinen Kopf und verbeugte sich vor Amanda. Tarmir zupfte sich eine Feder aus und überreichte sie ihr. Amanda nickte schweigend, auf ihrem Gesicht spiegelte sich Erleichterung. Sie wandte sich ab und schwebte zum Boden zurück. „Geht Nachhause. Es wird heute keinen Krieg geben, keine Schlacht stattfinden!" schrie sie wütend. Die Wesen verneigten sich ehrfürchtig, sie wandten sich ab und verschwanden im Wald oder im Meer. Der Artegio Mond verblasste, eine Wolke schob sich vor ihn, als Amanda zu William kam und sie liebevoll in die Arme nahm. Sie küsste ihn hingebungsvoll. „Na, diesmal ist nichts schiefgegangen, oder?" fragte William sie mit einem schiefen Grinsen. Überglücklich presste er Amanda an sich.

Prewolf schubste sie sanft an. „Gut gemacht, Majestät, ich wusste du schaffst es. Du brauchtest nur den richtigen Auslöser." Der Hegaton grinste, als William sich wütend umwandte. „Du elendiges riesen Tier! Du hast sie absichtlich in Gefahr gebracht?" William wollte seinen Zauberstab heben, der Hegaton wich vorsichtig zurück. „Ich sollte dich in eine Kröte verwandeln, du warst wohl nicht bei Verstand. Ich sagte dir doch, Amanda ist noch nicht so weit!" schnauzte William. Wieder hob er seinen Zauberstab, als Amanda ihn heftig zu sich herumriss. „Was soll das heißen, William Spencer. Was soll das heißen, du hättest dich mit Prewolf unterhalten. Heißt das, du kannst die Sprache der Tiere verstehen?" Ungläubig starrte sie den großen Mann vor sich an, der jetzt fast grinsend seinen Blick senkte. Amanda sah von ihm zu Prewolf, der ebenfalls seinen Blick gesenkt hatte. „Du musst wirklich noch einiges lernen, Majestät. Dein geliebter Wächter hat nicht nur ziemlich große Zauberkräfte, sondern als Wächter auch die Aufgabe, zwischen den magischen Wesen und der Urhexe zu vermitteln. Jeder Urwächter verfügt über die Gabe der Tiersprache." Prewolf lachte dröhnend, Amanda lief hochrot an. William schwang sie lachend herum, schlagartig wurde er ernst, als der Schargon vor ihnen landete. Den Kopf gesenkt kam das mächtige Wesen langsam näher. William hob seinen Zauberstab, bereit Amanda zu schützen.

Doch der Schargon senkte seinen Kopf. „Ihr seid die einzig wahre Urhexe. Ihr seid stark und gütig, eine neue Zeit wird anbrechen, wir dunklen Wesen haben viel zu lernen. Habt Geduld mit uns, es wird lange dauern." Der Schargon verneigte sich wieder. Amanda löste sich von William und kam zu dem mächtigen Wesen.

Liebevoll legte sie ihre Hand auf seine blutigen Wunden. „Aurora Delta" flüsterte sie. Die Wunden verblassten und verschwanden, sie hob ihren Kopf und küsste dem vollkommen überraschten Schargon sanft auf den Schnabel. „Du hast Recht, eine neue Zeit bricht an." Sagte sie leise. Der Schargon erhob sich in die Luft, einen Augenblick blieb er über Amanda stehen und sah auf sie herab, dann flog er übers Meer davon. William zog sie an sich und küsste sie hingebungsvoll.

„He, und meine Wunden?" Prewolf schubste Amanda sanft an. William knurrte vernehmlich. „Sie sollte dich bluten lassen für die Gefahr, in die du sie gebracht hast, Hegaton!" William war immer noch wütend. Amanda hob erneut ihre Hand und Prewolfs Wunden verschwanden. Das mächtige Wesen schüttelte sich erleichtert und senkte sich tief. „Darf ich euch Nachhause bringen Majestät? Und eurem Gemahl?" setzte er grinsend dazu, als Williams wütender Blick ihn traf.

„Ist jetzt alles wieder gut?" Elenora steckte ihren Kopf aus Williams Jackentasche. „War ich nicht gut, so richtig gut?" Sie grinste als Williams ihr sanft über den Kopf strich. „Du warst einfach wunderbar, kleine Freundin." Sagte er stolz.

William zog Amanda fest an sich, sie zog die Bettdecke hoch und drehte sich zu ihm herum. „Was ich nicht verstehe ist, dass ich mich so unwahrscheinlich stark fühle, wenn du in meiner Nähe bist. Ich habe dann das Gefühl, alles zu schaffen. Es war schon in der Schule so, schon als du damals das erste Mal deine Hand auf meine Schulter gelegt hast. Ich stand vor diesem Schultor und wollte wieder davonlaufen. Du musst es gespürt haben, denn du kamst zu mir und hieltst mich fest." Sagte Amanda fest. Sie strich William das Haar aus dem Gesicht, er lachte leise auf und griff ihre Hand. „Das ist das Geheimnis eines jeden Urwächters, geliebtes Weib. Wir sind die Macht. Wir sind die lebende

Quelle, aus der jede Urhexe ihre Macht bezieht. Als Großvater starb versiegte auch Großmutters Kraft. Sie wusste, ihre Zeit war gekommen. Sie befahl mir, euch elf zusammenzurufen und eine von euch zu erwählen." William küsste Amanda leidenschaftlich. „Dabei hatte ich meine Wahl bereits am ersten Tag getroffen. Schon vor deinem Eintreffen in der Schule. Kurz zuvor hatte Paul mir ein Foto von dir gezeigt, ich sah es und wusste, du wirst mein Schicksal werden." Wieder küsste er sie hingebungsvoll, amüsierte sich darüber, dass sie immer noch rot werden konnte, wenn er ihr Komplimente machte. „Deine wunderschönen grünen Augen haben mich vom Anfang an fasziniert." Seine Hände strichen über ihren Körper und ließen sie leise aufseufzen. „Denke also stets daran, ich liebe dich mehr als andere auf der Welt. Ich bin die Kraft, du die Waffe. Wage es also nie wieder, dich in Gefahr zu begeben, ohne mich an deiner Seite zu haben. Es ist meine Lebensaufgabe, mein Schicksal, wie du einmal so treffend gesagt hast, immer und überall für die Urhexe da zu sein." Erklärte William glücklich. Amanda lächelte ebenso glücklich. „Zu Befehl, Meister" flüsterte sie heiser, lachend zog sie William zu sich und schlang ihre Arme um ihn. „Heißt das auch, ich darf mich nicht mehr mit dir streiten?" Sie legte ihre Lippen auf seinen Mund und küsste ihn frech. „Dabei liebe ich unsere Versöhnungen."

Epilog

William seufzte leise auf, er rannte hinter seinen Sohn her, der lachend durch den Thronsaal tobte. „Manuel, jetzt bleib stehen" rief er, ohne Erfolg. Sein vierjähriger Sohn lief weiter, er versteckte sich lachend hinter Lilli, die ihm festhielt und auf den Arm nahm. „Zeit für den Mittagsschlaf,

Junior" sagte sie halbstreng. Lilli lächelte kurz zu William, verneigte sich grinsend vor Amanda und trug den sich wehrenden Jungen aus dem Saal.

William kam zu Amanda herüber, die nachdenklich am Fenster stand. „Es wird alles gutgehen, Liebes. Sie ist älter und vernünftiger geworden. Sie musste sich letztendlich unserer Macht beugen." Sagte er beruhigend. Amanda nickte, doch William spürte ihre Unsicherheit, die sie seit Jahren nicht gehabt hatte. Seit nunmehr fünf Jahren war sie die anerkannte Urhexe, hatte alles fest im Griff, regierte mit sanfter ruhiger Hand. Mit der Geburt ihres Sohnes vereinigte sich das magische Reich noch mehr, alle vergötterten Manuel. Bald würde ihre Tochter zur Welt kommen. Es würde ein großes Ereignis werden, denn die Propheten hatten die Ankunft des Artegio Mondes vorhergesagt. Liebevoll strich William über Amandas gewölbten Bauch.

„Majestät, die Abgeordnete der dunklen Wesen ist erschienen um ihnen ihre Aufwartung zu machen." Ein Diener erschien und wartete, bis Amanda langsam nickte. Ermutigend legte William ihr seine Hand auf die Schulter, als sich die große Tür öffnete und Titania den Saal betrat. Ihr Blick blieb an William hängen, der nun Amandas Hand nahm und seine Frau zum Thron führte. „Sei uns willkommen, Titania Halman" sagte Amanda leise. Sie reichte der Frau ihre Hand, doch Titania zögerte, sie zu ergreifen.

„Titania zügel dich" Ein dunkelgekleideter Mann erschien hinter der Frau und schob sie energisch in Amandas Richtung. Jetzt verneigte er sich. „Ich danke euch für die Audienz, Majestät. Mein Name ist Roger, Wächter der Abgeordneten Titania. Wir danken, dass ihr euch unsere Wünsche anhören wollt." Sagte der Mann dunkel. Er schubste Titania an, deren Blick immer noch an William hing. Amanda erhob sich langsam, sie griff Williams Hand und kam zu Titania, die immer noch regungslos vor dem Thron stand. „Es sind fünf Jahre vergangen, Titania, fünf Jahre des Friedens und der Ruhe. Es liegt jetzt an uns, dies beizubehalten. Dafür ist es wichtig das Gewesene zu vergessen und zu begraben. Es wird Zeit für einen Neuanfang für uns beide. Prewolf und Schargon haben sich versöhnt und auch wir werden es schaffen, der dunklen, der weißen Macht und der Natur zu liebe." Ohne auf den Widerstand der anderen zu achten, umarmte Amanda sie, zögernd erwiderte Titania die Umarmung und legte ihre Arme um sie. Zufrieden reichten sich William und Roger die Hände. William spürte den besorgten Blick des dunklen Mannes, der Titania nicht aus den Augen ließ. „Sie wird merken, wie sehr ihr sie liebt, Roger, irgendwann eines Tages wird Titania eure Zuneigung erwidern, sie wird dann wissen, dass sie sich in ihren Gefühlen nur etwas verrannt hat." Sagte er nachdenklich. Der dunkelgekleidete Mann grunzte leise auf, und zog finster seine Augen zusammen. „Eure Freundlichkeit und Sanftmut macht euch nicht gerade angreifbar, Hoheit. Wie bitte sollen Titania und ich unsere Forderungen durchsetzen, wenn ihr uns mit so viel Harmonie empfangt. So viel Liebe, wie sie hier herrscht, macht mich ganz krank" grollte Roger finster. William lachte leise auf, er spürte wie viel Kraft es den anderen Mann kostete, hier vor ihm zu stehen und ihm zu reden.

Plötzlich flog die große Tür auf und Manuel stürmte in den Saal, gefolgt von der verzweifelten Lilli. „Nacht sagen!" schrie er laut, vor Roger blieb er stehen. „He, coole Klamotten" sagte Manuel. Er hob lobend seinen Daumen in die Höhe. Zum ersten Mal konnte William die Andeutung eines Lächelns in Rogers Gesicht sehen, als dieser sich vor dem Kind verneigte.

Amanda beugte sich zu Manuel herunter und küsste ihn sanft auf die Wange. „Bringe Manuel bitte zu Bett, Lilli, wir wollen uns dann zum Essen begeben. Sage deinen Mann auch Bescheid, ja?" Amanda hakte die immer noch schweigende Titania unter und führte sie zur Freundin, die jetzt Manuel auf dem Arm hatte. Titania beugte sich zu Manuel und verneigte sich tief vor dem Kind.

„Ich muss zugeben, Amanda, auch wenn es mir schwerfällt, William hat damals die richtige Entscheidung getroffen. Er hat die richtige Urhexe erwählt." Sagte sie ehrlich. Amanda suchte dankbar Williams Blick. Der Mann hatte recht gehabt. Alles war gut geworden.